PASSION

LA DAME DE MINUIT

Dans la même collection

536. Cap sur l'aventure.
537. Les amants de Galvestone.
538. Cascadeuse de mon cœur.
539. Pour l'amour d'un prince.
540. L'amour masqué.
541. Les châteaux de sable.
542. Le vrai visage de l'amour.
543. Paradis perdu.
544. La comtesse et le cow-boy.
545. Un père inattendu.
546. Une femme secrète.
547. Le pacte de l'amour.
548. Secrets précieux.
549. L'écuyère au grand cœur.
550. Pour l'amour d'un chat.
551. Cache-cache amoureux.
552. La sauvageonne.
553. Le démon de Pendleton.
554. Pour une poignée de diamants.
555. Pour le meilleur et pour le pire.
556. Un homme innocent.
557. Perdus dans la tempête.
558. L'étoile bleue.
559. Tendre voyou.
560. Randonnée amoureuse.
561. Une reine de cœur.
562. Le cœur en feu.
563. Tendre champion.
564. Un frisson pour deux cœurs.
565. Une belle imposture.
566. L'éternité retrouvée.
567. Le secret d'Alice.
568. Le magicien.
569. Tournage à Blairstown.
570. Mon sorcier bien-aimé.
571. Le chant de l'orage.
572. Héros malgré lui.
573. Le tournant de la vie.
574. Une éternité d'amour.
575. Trop beau pour être honnête.
576. Parlez-moi d'amour.
577. La lune pour témoin.

LINDA WISDOM

LA DAME DE MINUIT

PASSION

Titre original :
MIDNIGHT LADY
Première édition publiée par Bantam Books Inc., New York, dans la collection Loveswept ®. Loveswept est une marque déposée de Bantam Books.

Traduction française de Marie Dubois.

ISBN : 2-265-05250-7
ISSN : 1158-6117

1

— ALLONS, Sam, étant donné tes antécédents familiaux, j'attendais de toi une description enlevée, une vision toute personnelle de cette terrible soirée d'orage, et surtout pas de tels clichés !

Samantha Lyons vint se placer face à celui qu'elle chérissait depuis toujours, son mentor, celui qui l'aidait à franchir tous les obstacles d'un métier qu'elle adorait, un homme que rien ne pourrait jamais abattre, du moins voulait-elle le croire : le baron Lyons, son grand-père.

— Mais je considère que ma description correspond tout à fait à ce que je vois là-dehors !

La jeune femme désigna d'un geste vague l'immense baie vitrée derrière laquelle les éclairs zébraient le ciel tandis que le grondement du tonnerre se mêlait à leur conversation. Elle ajouta sobrement :

— Il fait nuit noire et un orage a éclaté.

— Le genre de nuit où il arrive de voir surgir quelque visiteur inattendu, conclut le vieil homme, tout en choisissant soigneusement un cigare dans la boîte où il les conservait avec amour.

Tandis qu'il allumait son havane, Samantha esquissa

un sourire, puis elle secoua doucement la tête, ce qui anima joliment sa longue chevelure d'un noir de jais :

— Tu exagères, Baron, ces choses-là n'arrivent jamais que dans tes films ! Nul être humain sain d'esprit ne se risquerait à venir jusqu'ici par une nuit pareille, à moins d'y avoir été invité suffisamment à l'avance et de ne pouvoir se désister à la dernière minute.

Le baron eut à son tour un petit mouvement de la tête :

— En tout cas toi, tu devrais être à Los Angeles en ce moment, en train d'assister à une quelconque première au bras d'un superbe jeune homme, au lieu de perdre ton temps ici à écouter les sornettes d'un vieux monsieur. Sérieusement, Sam, il te manque un homme dans ta vie...

La jeune femme éclata de rire :

— Je n'ai pas le temps d'avoir un homme dans ma vie, comme tu dis, et même si je trouvais le temps, encore faut-il dénicher l'oiseau rare !

— Tu es trop exigeante, ma chérie.

Samantha haussa les épaules :

— Le problème, c'est que je n'ai encore rencontré personne qui t'arrive à la cheville.

Le baron ne fut pas dupe du sourire qu'elle lui adressait : sa petite-fille s'amusait à flatter son ego. Il joua le jeu :

— Et ça n'arrivera jamais : je suis unique en mon genre !

Ses yeux se firent charmeurs, et Samantha reconnut le regard quasi hypnotique qui avait fasciné tant de cinéphiles des années durant. Elle ne connaissait que trop bien son grand-père !

— Ne te fatigue pas, Baron, ça ne marche pas avec moi ! En revanche, j'attends toujours une réponse à la question que je t'ai posée tout à l'heure : nous feras-tu l'honneur de dîner avec nous ce soir, ou comptes-tu demeurer enfermé ici, dans ta tour d'ivoire ?

D'un geste large du bras, elle indiquait la tourelle dans laquelle ils se trouvaient en effet, et qui constituait le domaine privé du baron.

— Crois-moi, ce dîner sera bien suffisamment divertissant sans moi.

Samantha fronça les sourcils :

— Tu as passé la journée à faire ce genre de remarques mystérieuses. Vas-tu finir par m'expliquer ce qui est en train de germer dans ton esprit diabolique ?

Le baron eut un sourire qui lui découvrit légèrement les dents, un sourire qui rappelait celui de sa petite-fille. Entièrement vêtu de noir, chemise et pantalon, ce qui faisait ressortir sa magnifique chevelure blanche qui partait en vagues douces depuis son front aristocratique jusqu'à sa nuque, il avait l'air d'un vieux comte roumain assoiffé.

— Si je te le disais, il n'y aurait plus de surprise...

— Tu sais bien que je déteste les surprises !

— Raison de plus pour t'en faire de temps en temps. Je trouve qu'on ne t'a pas assez gâtée quand tu étais petite.

La jeune femme éclata de rire :

— Pas assez gâtée ! Qui a loué tout un cirque pour mon cinquième anniversaire ? Qui a fait venir Laurence Olivier et Richard Burton à la maison afin qu'ils me récitent du Shakespeare en guise de petite histoire à l'heure du coucher ? Et qui a eu le courage de me dire en face après ma seule et unique prestation dans un film que je n'avais aucun talent comme actrice et que je serais mieux inspirée de me trouver une autre activité dans le monde du cinéma ?

— Il fallait bien que quelqu'un te dise la vérité, aussi pénible fût-elle. Tu t'exprimais d'une façon si peu naturelle ! Et une marionnette en bois aurait eu des mouvements moins rigides que les tiens ! insista le vieil homme sans ménagement.

Et il ajouta doucement :

— Quel dommage que la seule à avoir hérité d'un peu de mon talent d'acteur soit ta sœur, alors qu'elle préfère diriger le service de la publicité.

— Il faut bien que quelqu'un fasse marcher la société, et Pam fait du très bon travail. Jason a mis la main sur un scénario intéressant l'autre jour. Un nouvel auteur ; il a eu l'idée d'une histoire autour d'une maison qui se trouverait au cœur d'une forêt, un excellent scénario, à vous donner la chair de poule...

Samantha avoua sur le ton de la confidence :

— J'aimerais parvenir à convaincre Vincent Price d'accepter le rôle du vieil homme dont l'esprit hante les lieux...

Le baron Lyons ne put réprimer un sourire devant l'enthousiasme de sa petite-fille, qui se traduisait comme d'habitude par des gestes théâtraux et une voix dont les intonations laissaient percer une certaine excitation. Il regrettait simplement qu'elle n'ait pu faire passer cette animation à l'écran.

— Qu'est-ce que tu ferais si je mettais quelqu'un d'autre à la tête de la firme ? demanda-t-il tout à trac.

Les mains de Samantha, qui s'immobilisèrent aussitôt, furent les seules à révéler son trouble :

— Tu veux dire avant de tuer la personne en question, ou après ?

Le vieil homme rejeta la tête en arrière et laissa échapper un rire tonitruant :

— Tu es une enfant sanguinaire !

— Mets ça sur le compte de la façon dont vous m'avez élevée, Roland et toi.

Après un coup d'œil vers l'horloge à balancier qui était en train de sonner l'heure, Samantha fit une nouvelle tentative pour persuader son aïeul de descendre dîner en famille :

— Je crois que May a prévu un rôti...

— Inutile, Sam, je veux rester ici. J'ai besoin de me reposer.

En regardant plus attentivement son grand-père, la jeune femme nota que, si le teint gardait de belles couleurs, les yeux en revanche trahissaient une fatigue inhabituelle.

Et le vieil homme paraissait se déplacer avec plus de lenteur que d'ordinaire.

— As-tu pris les médicaments pour ta tension artérielle ?

— Mais oui.

Il avait l'air irrité, et poursuivit sur un ton grincheux :

— Je ne suis pas malade, Samantha. Ces derniers jours ont été un peu fatigants pour moi, c'est tout, sans compter tous ces vautours qui n'attendent que le moment où je rendrai mon dernier souffle.

Cette description de la réunion de famille qui se

tenait au manoir le soir même arracha un sourire à la jeune femme :

— Dis donc, c'est pourtant toi qui leur as proposé de travailler dans ta firme, non ?

— Ça fait plus de cinquante ans que je me bats pour que ça reste une affaire de famille, alors ce n'est pas aujourd'hui que je vais prendre le risque de tout voir s'écrouler.

— Sinon tu reviendras nous hanter après ta mort, c'est ça ?

— C'est exactement ça !

Il agita l'index sous le nez de sa petite-fille :

— Maintenant sauve-toi, va te faire belle pour le dîner.

— Vu la compagnie, je pense qu'un jean et un sweat-shirt feraient parfaitement l'affaire, murmura-t-elle tout en descendant l'étroit escalier.

— Oh-oh, je vois que Sa Majesté est allée recevoir les ordres royaux. Décidément, il y en a qui ont de la chance !

Le ton sarcastique de la voix de sa sœur n'échappa pas à Samantha. Pamela portait une robe du soir d'un rouge intense si près du corps qu'elle lui faisait comme une seconde peau, mettant en valeur son anatomie parfaite et ses épaules dénudées. Ses cheveux sombres aux reflets auburn, légèrement bouclés, encadraient librement un visage fin. Grâce à l'héritage que leur avaient laissé leurs parents et à la générosité de quatre ex-maris, trop heureux de se débarrasser d'elle, Pamela pouvait s'offrir tous ses caprices.

Tout en ouvrant la porte de sa chambre, Samantha rétorqua :

— Pam, la dernière fois que le baron t'a invitée à monter chez lui, tu lui as répondu que tu préférerais être enterrée vivante. Et ce qui t'a le plus chagrinée, c'est que, loin d'être peiné par cette remarque, il l'a trouvée très drôle.

Pamela la suivit à l'intérieur de la pièce et prit place sur un siège, attentive à ne pas froisser sa jolie robe :

— C'est si déprimant, là-haut. En fait, toute cette maison est déprimante. On se croirait dans un conte fantastique.

Samantha retint un sourire.

— Ecoute, Pam, viens-en au fait. Il faut que je m'habille pour le dîner. Tu ne m'as pas suivie ici pour te plaindre de la maison, si ?

— Oh ! toi, de toute façon, on ne peut jamais te parler d'autre chose que de la firme.

— Vas-y, je t'écoute, là.

Pamela se redressa d'un bond et se dirigea vers la porte :

— Juste une chose : n'oublie pas que les favoris ne gagnent pas à tous les coups.

Et elle sortit sur ces mots.

Samantha ferma les yeux. Cette famille querelleuse était parfois difficile à supporter. Elle rouvrit les yeux et les leva au ciel en pensant à son père, qui les avait quittés l'année précédente. C'est en de tels moments qu'il lui manquait le plus.

« Un cauchemar, c'est un véritable cauchemar. »

Mike Fletcher arrêta sa voiture au sommet du chemin tortueux après avoir franchi le portail de fer forgé aux armoiries des Lyons. Seuls les éclairs permettaient de distinguer le manoir gothique qui se trouvait non loin de là. Cette nuit lugubre convenait bien aux circonstances : après tout, il était venu jusque-là pour interviewer celui qui avait été en son temps l'un des plus grands acteurs de films d'horreur. Pour arriver à bon port, il lui avait fallu suivre prudemment et lentement l'allée qui était en train de se transformer en un dangereux chemin boueux.

« Cet homme est fortuné, pourquoi ne fait-il pas paver cette satanée allée ? » se demandait le jeune homme. Il avait l'impression d'avoir passé plusieurs jours au volant tant il avait dû se concentrer sur la conduite, alors qu'il ne lui avait guère fallu plus de quatre heures pour arriver de Los Angeles.

Avançant encore un peu, le journaliste finit par se garer à proximité du manoir. Il descendit de voiture sans plus attendre, grimpa lestement les quelques marches qui menaient à la porte d'entrée et chercha la sonnette, mais il n'y avait qu'un heurtoir. Une nouvelle série d'éclairs mit en relief une tête de léopard féroce et Mike Fletcher rassembla tout son courage pour empoigner la gueule de l'animal de cuivre et en marteler la lourde porte de bois.

« Brr ! Ça fait un boucan à réveiller les morts ! Qui sait quel monstre va maintenant surgir », se dit le jeune homme, trempé jusqu'aux os. Mais que n'aurait-il fait pour un bon article !

Enfin la porte s'ouvrit, lentement, avec un sinistre grincement. Un majordome apparut dans l'encadrement, vêtu d'un costume noir passé de mode depuis une bonne cinquantaine d'années. Pour ajouter à l'atmosphère digne d'un film d'horreur, il était grand et présentait un visage d'une pâleur cadavérique dénué de toute expression.

— Entrez je vous prie, monsieur Fletcher. Nous vous attendions.

L'homme s'effaça pour laisser passer le journaliste.

— Bonsoir. J'ai laissé ma valise dans la voiture.

— Quelqu'un ira la chercher pour vous, ne vous inquiétez pas.

Une fois dans la maison, Mike fut pris de frissons. Il allait s'adresser au majordome, qui se tenait raide comme un piquet à côté de la porte refermée, lorsqu'une voix féminine s'éleva derrière eux :

— Il y a un problème, Reynolds ?

Charmé par la musique de cette voix, Mike se retourna et crut avoir une vision. Une superbe créature vêtue d'une robe de lamé noir qui ne laissait voir que ses bras nus se tenait à proximité d'eux. Ses longs cheveux d'ébène étaient retenus en arrière par une barrette sertie de saphirs. D'autres saphirs brillaient à ses oreilles. Ses yeux d'un violet intense n'avaient rien à envier à ceux d'Elizabeth Taylor. Ses traits d'une beauté classique possédaient la grâce des visages sculptés sur les camées d'autrefois. Pour Mike Fletcher, cette apparition représentait la femme idéale, à un détail près : elle était grande. En principe, il n'aimait pas les femmes qui pouvaient le regarder dans les yeux sans avoir à lever la tête, mais pour elle, il était prêt à faire une exception.

Samantha interrompit le cours de ses réflexions en s'adressant à lui :

— Je ne pense pas que vous vous soyez perdu. Les panneaux indiquant la direction de la ville sont parfaitement éclairés et impossibles à manquer, même par une nuit pareille.

Il lui sourit :

— C'est vrai. Et si je suis bien chez le baron Lyons, alors je suis arrivé à destination. Mon nom est Mike Fletcher, et vous devez être Samantha Lyons.

Avançant dans la direction de la jeune femme, il lui tendit une main qu'elle ignora délibérément. Son regard s'était fait glacial dès qu'elle avait reconnu le nom du journaliste qui interviewait non sans talent les grands de ce monde.

— Il ne viendrait à l'idée de personne ici d'inviter un journaliste. Vous n'êtes même pas spécialisé dans le domaine du cinéma, monsieur Fletcher...

Mike se réjouit à l'idée de la bataille verbale qui s'annonçait. Ainsi, cette charmante personne s'imaginait qu'il n'était pas invité... Il savourait d'avance la réaction qu'elle ne manquerait pas d'avoir en entendant ce qu'il s'apprêtait à lui répondre.

— Il semblerait que le baron Lyons ait changé d'avis concernant les journalistes, puisque c'est lui-même qui m'a convié chez lui.

Il eut une grimace quand le tonnerre se fit de nouveau entendre :

— Evidemment, j'aurais préféré une soirée plus tranquille, mais je suppose que ce type de temps convient bien à l'endroit...

Son interlocutrice se montra intraitable :

— Le baron n'invite jamais personne ici. Et surtout il n'inviterait jamais un journaliste.

Mike Fletcher lui adressa un regard moqueur qui se voulait un défi :

— Peut-être, mais il m'a invité, moi.

La jeune femme prit tout à coup conscience de la présence de ses frères et sœur, qui paraissaient accorder le plus grand intérêt à cette scène piquante. Sarcastique, elle s'empressa alors de rétorquer :

— Malheureusement, il ne pourra pas confirmer vos dires, puisqu'il a décidé de ne pas dîner avec nous ce soir...

— Mais voyez-vous, il m'a invité à passer *plusieurs jours* ici... Ce qui tombe bien, n'est-ce pas ?

Samantha se maîtrisa parfaitement : il n'était pas question de laisser paraître la moindre once d'émotion devant cet impudent. Etait-ce de lui que le baron avait voulu parler quand il avait fait allusion à un « visiteur inattendu » ?

— Puis-je vous proposer un verre avant de dîner ? proposa-t-elle au journaliste d'un ton neutre.

— Tout de même ! intervint Pam. Bien sûr qu'il va prendre un verre, dit-elle en se rapprochant d'eux.

Puis, passant son bras sous celui du jeune homme, elle lui adressa son sourire le plus charmeur :

— Ainsi vous êtes Mike Fletcher... Je me présente : Pamela Lyons, la sœur cadette de Samantha. Je lis tous vos articles et interviews. Quelle vie passionnante vous menez, mon cher !

Mike admira cette belle capacité à mentir : il imaginait difficilement la jeune femme lisant autre chose que des magazines de mode...

Tandis qu'ils bavardaient ainsi tout en se dirigeant vers le salon où la famille prenait habituellement l'apéritif, Jeremy s'étonna à voix basse auprès de Samantha :

— Grand-père n'invite pourtant jamais personne ici : il prétend que la plupart des gens qu'il aimerait vraiment recevoir sont morts...

— Je le sais bien, répondit Samantha.

— Alors tu vas le mettre à la porte ?

Samantha se tourna vers son frère :

— N'est-ce pas plutôt à toi que cet honneur devrait revenir ? Tu es bien l'homme de la famille, non ?

Jeremy se mit à traîner les pieds en marmonnant : il n'avait plus l'air d'un jeune homme de vingt-cinq ans, mais d'un petit garçon de cinq. Il alla prendre place sur un siège, tandis que Mike Fletcher se faisait servir un bourbon par une Pamela aux petits soins.

Samantha se dirigea vers la cheminée, tout en s'adressant au journaliste :

— Vous êtes vraiment doué, monsieur Fletcher.

Elle prit appui sur le manteau de la cheminée et claqua des doigts : un feu se mit aussitôt à crépiter dans l'âtre. La jeune femme remarqua du coin de l'œil que Mike Fletcher s'efforçait de ne pas montrer sa stupéfaction devant les flammes qui dansaient maintenant dans le foyer. Elle poursuivit, l'air de rien :

— Vous avez réussi à trouver l'adresse du baron, et vous avez inventé cette histoire d'invitation pour vous présenter ici. Il y a juste un petit détail que vous ignorez : mon grand-père n'utilise plus du tout le téléphone depuis 1979...

Mike Fletcher sortit tranquillement une enveloppe de la poche intérieure de sa veste, et la lui tendit. Samantha reconnut le papier au premier regard.

— Allez-y, mademoiselle Lyons, lisez, et assurez-vous qu'il s'agit bien de l'écriture du baron et non d'un faux rédigé par mes soins...

Samantha redressa le menton. Aucun homme ne l'avait jamais ainsi défiée. Et aucun homme ne l'avait jamais ainsi fascinée non plus, dès le premier regard...

— Sam, je t'en prie, cesse de te conduire comme un gardien de prison, protesta sa cadette. Grand-père s'est peut-être tout simplement décidé à rompre la monotonie de sa vie, et si ça doit commencer avec M. Fletcher, tant mieux ! Il est bien plus agréable que tous les vieux copains de Grand-père, que rien de ce qui a pu se passer après 1944 n'intéresse.

— Le baron a accepté de répondre à une série d'interviews sur son travail d'acteur, leur expliqua le journaliste.

— Ah oui ? répliqua Samantha en saisissant son verre. Voilà pourtant des années que tout le monde le presse d'écrire ses mémoires, et il a toujours refusé. Pourquoi changerait-il d'avis maintenant ?

Elle porta son verre à ses lèvres, et Mike ne put s'empêcher de constater que décidément, elle avait une bouche sensuelle. Il aurait aimé pouvoir goûter ses lèvres rouges tel un beau fruit mûr.

Se ressaisissant, il se contenta de répondre :

— Vous devriez le lui demander...

— Ne vous en faites pas, monsieur Fletcher, je compte bien parler de tout ceci au baron.

La voix de Randy Lyons s'éleva pour la première fois de l'autre bout du salon :

— Dites, si on doit continuer à se battre toute la soirée, je préfère monter directement dans ma chambre.

Samantha fusilla son frère du regard :

— Nous allons dîner tous ensemble, dit-elle en prenant la direction de la salle à manger.

Une fois sur place, Pamela ne lâcha pas Mike Fletcher :

— Mike, prenez place à côté de moi, je vous prie.

Le journaliste découvrit une pièce tout droit sortie d'un des films du baron : une longue table d'acajou massif, des chaises à très haut dossier, de la porcelaine fine, des verres de cristal, de l'argenterie de famille, tout évoquait une autre époque, plus raffinée.

Chacun ayant pris place, Reynolds fit son entrée, un grand plateau d'argent dans les mains.

— Le bagage de M. Fletcher a été déposé dans la chambre bleue, mademoiselle Samantha.

— Merci, Reynolds, murmura-t-elle tandis que le majordome déposait une tranche de rôti dans son assiette.

Le majordome repartit discrètement après avoir servi tout le monde.

— J'imagine qu'il y a un donjon ici, non ? s'exclama le journaliste en riant.

— C'est exact, et c'est le lieu préféré de la famille. Voulez-vous le visiter après dîner ?

— Cesse de le taquiner, Sam, l'interrompit sa sœur.

La jambe de Pam vint frôler celle du journaliste comme par inadvertance, et la jeune femme se tourna vers Mike avec un sourire engageant :

— Parlez-nous plutôt de vous, mon cher. A trente-quatre ans, vous êtes déjà au sommet. Je suis très impressionnée. Mais après avoir écrit tant d'articles sur des personnalités politiques et avoir couvert quelques guerres, je m'étonne que vous vous intéressiez à cette famille.

— Pam, la reprit sa sœur d'une voix où perçait une sorte d'avertissement, je te rappelle qu'il prétend écrire sur le baron, pas sur la famille.

— J'ai bien compris, j'essayais juste de me montrer amicale, chère sœur. Pour une fois que nous avons un invité ! Et quel invité... soupira-t-elle rêveusement.

Mike commençait à regretter, lui, de ne pouvoir dîner en tête à tête avec Samantha. Il avait entendu le plus grand bien à son sujet. Peut-être aurait-il pu ainsi la convaincre qu'il était lui aussi quelqu'un de bien. Au lieu de ça, il se retrouvait confronté aux avances non dissimulées de cette Pam qui ne l'inspirait guère. A une époque pourtant, elle l'aurait facilement séduit. Mais aujourd'hui, il découvrait qu'une femme comme Samantha Lyons pouvait aussi être son type. Il se demanda si la chambre bleue dont le majordome avait parlé se trouvait à proximité de la sienne...

Samantha sentit le regard de Mike sur elle durant tout le dîner. Bien que troublée, elle s'efforçait de n'en rien laisser paraître. Le manège de sa sœur ne lui échappait pas, mais c'était le problème de Mike, après tout.

Après le dîner, ils passèrent de nouveau au salon, où Jeremy et Randy s'efforcèrent de démontrer qu'ils étaient les têtes pensantes de la firme de leur grand-père. Pam quant à elle ne cessait de sourire béatement et de roucouler. Samantha quitta silencieusement la pièce pour aller appeler le baron par l'interphone.

— Oui, Sam, j'ai bel et bien invité Mike Fletcher à passer quelques jours ici, s'entendit-elle répondre.

Alors reçois-le bien, et dis-lui que je le verrai demain après-midi.

De retour au salon, la jeune femme retrouva ses frères et Mike en grande conversation :

— Si j'ai bien compris, le film d'horreur sur lequel vous travaillez en ce moment joue beaucoup sur l'aspect psychologique ? demanda Mike.

Randy s'empressa de lui donner les grandes lignes du scénario :

— De superbes résidences d'avant la guerre de Sécession qui s'écroulent, des saules pleureurs, des marais à proximité... Vous voyez l'atmosphère ?

— Et avec de tels films nos bénéfices augmentent chaque année, intervint Jeremy, l'air satisfait.

— Votre grand-père a-t-il toujours son mot à dire au sein de la firme ? s'enquit Mike.

— Grand-père a décrété que le jour où il prendrait sa retraite, il ne se préoccuperait plus du tout des affaires de la société, lui expliqua Jeremy. C'est notre père qui a pris la relève, et l'on peut dire qu'il en est mort.

— Jeremy ! protesta Sam. Tu oublies que tu t'adresses à un journaliste. Et ces gens-là adorent écrire n'importe quoi sur des familles telles que la nôtre. La firme cinématographique familiale n'a pas tué Roland. Il avait le cœur fragile, le savait depuis des années, mais ne s'en est jamais autrement soucié.

— C'est sur le baron Lyons et ses souvenirs d'acteur que je souhaite écrire, pas sur sa société ni sur sa famille.

Mike avait soigneusement détaché chacune des syllabes en regardant Samantha dans les yeux, comme s'il s'adressait à une enfant bornée.

— Entre ce que l'on dit et ce que l'on fait... rétorqua la jeune femme en soutenant son regard.

— Croyez-moi, je tiens toujours mes promesses.

Et de tels yeux bleu-gris étaient très prometteurs, ne put-elle s'empêcher de remarquer.

Samantha alla retrouver sa sœur dans sa chambre dès que leur hôte eut daigné se retirer.

— Toutes mes félicitations, Pamela, tu as parfaitement joué les écervelées ce soir, face à ce journaliste ! J'espère que tu es fière de toi ?

Tout en enfilant un peignoir de soie, sa cadette lui répondit calmement :

— Je me suis contentée de faire diversion, le temps que tu puisses découvrir ce qu'il venait faire ici au juste. Après tout, nous avions tous du mal à croire que Grand-père ait réellement pu l'inviter à la maison.

Elle se passa une main dans les cheveux, dérangeant la belle ordonnance des boucles soigneusement arrangées pour la soirée, et poursuivit :

— Pourtant, on devrait s'attendre à tout avec lui. Ne nous ordonne-t-il pas quasiment tous les week-ends de nous réunir en famille ici, au manoir, alors que les trois quarts du temps il ne daigne même pas descendre de sa tour infernale ? Ecoute, Sam, je sais bien ce que tu penses : tu t'imagines que je suis pressée de me trouver un nouveau mari. Il est vrai que si je voyais passer un homme qui me convienne, je n'hésiterais pas, mais il y a autre chose. J'ai besoin de stimulation, tu comprends. Je me lance des défis, car je n'en trouve guère dans mon travail, au service de la publicité.

— Ce n'est pas ton attitude de ce soir qui convaincra

le baron de te confier plus de responsabilités, voire la direction de la firme, lui fit catégoriquement Samantha, non sans un pincement au cœur à entendre les mots de Pamela.

— Evidemment, il faudrait pour ça que je me montre capable d'agir comme un robot sans cœur... comme toi !

Pamela se laissa tomber sur le bord de son lit avant de reprendre :

— Samantha, nous savons l'une comme l'autre que la mort prématurée de Papa a tout précipité au sein de la société, pour ainsi dire. Aucun d'entre nous n'a eu le temps de savoir dans quelle branche il serait le meilleur. Jeremy a peut-être raison de dire que nous devrions étendre les activités de notre firme.

— Tu sembles oublier qu'il est hors de question que cette firme sorte des mains de la famille, s'énerva Samantha. J'en ai vraiment assez : Jeremy, Randy et toi passez votre temps à rôder comme des vautours autour de la société de Grand-père. Mais je te rappelle que j'ai été la seule à accepter d'être l'assistante de Roland quand aucun d'entre vous ne voulait de ce poste. Et quand il est mort, j'ai encore été la seule à prendre les décisions qui s'imposaient et qu'aucun d'entre vous ne voulait prendre. Si les caméras ont alors continué à tourner, c'est uniquement parce que j'ai tout fait pour ça, quand vous ne vous décidiez pas à agir.

Samantha n'essayait nullement de se mettre en valeur, elle résumait simplement les faits tels qu'ils s'étaient produits.

— Et tu as fait du très bon travail, chère sœur, mais

ça ne signifie en rien qu'aucun d'entre nous ne pourrait faire aussi bien. J'agis peut-être comme une écervelée, pour reprendre tes mots, mais c'est toujours mieux que de passer sept jours sur sept terrée dans un affreux bureau.

Refusant de prolonger cette discussion, Sam se dirigea vers la porte :

— Dans ce cas je ne comprends pas pourquoi tu brigues mon poste.

— Eh bien, j'espère que Grand-père, lui, le comprendra. Dis-moi, as-tu jamais noté que tu es la seule ici à l'appeler « Baron » ? De la même façon que tu appelais Papa par son prénom : tu te souviens comme ça le peinait ? Grand-père en riait et disait qu'il fallait te laisser faire à ta guise, d'ailleurs tu as toujours tout fait à ta guise. En revanche, il n'a jamais invité aucun d'entre nous à en faire autant, il était normal que nous, nous l'appelions « Grand-père ». Mais tu ne l'as sûrement pas remarqué. Tout comme tu n'as sûrement pas remarqué que c'est *toi* que Mike Fletcher a dévorée des yeux toute la soirée, même si tu as passé ton temps à le rembarrer.

— Vous savez tous ce que je pense des journalistes.

Pam acquiesça d'un mouvement de tête tandis que sa sœur quittait lentement la pièce.

Une fois dans sa chambre, Samantha se débarrassa de sa robe, puis se brossa longuement les cheveux. Après avoir enfilé un peignoir, elle alla entrebâiller sa porte et jeta un coup d'œil dans le couloir. Elle ignorait la raison qui l'avait poussée à agir ainsi, mais se réjouit de l'avoir fait. Certaine de ne pas être vue, elle murmura le « sésame » qui servait de code à l'ouverture automatique de la porte, et en effet celle-ci s'ouvrit aussitôt en grand. S'appuyant discrètement contre le chambranle, la jeune femme régla l'ouverture de la porte et prêta une oreille indiscrète aux propos qui s'échangeaient entre les deux personnes qui se tenaient un peu plus loin dans le couloir :

— Mais enfin, Mike... protestait Pam en sortant à reculons de la chambre du journaliste.

— Vous êtes une femme superbe, Pamela, mais il faut que je vous avoue quelque chose...

Mike Fletcher baissa la voix comme s'il craignait d'être entendu par quelqu'un d'autre :

— Voilà, c'est un peu délicat... Il se trouve que j'ai été assez gravement blessé au cours d'un reportage outre-mer, et je n'ai pas recouvré tous mes moyens, si vous voyez ce que je veux dire...

La jeune femme se mit à jouer avec le col de son pull en murmurant d'une voix tendre :

— Je suis sûre que je pourrais vous aider...

— Certainement, mais les médecins me le déconseillent pour l'instant.

N'insistant pas davantage, Pamela se décida à regagner sa chambre. Incapable de résister au plaisir de se moquer du journaliste, Samantha se faufila aussitôt hors de la sienne et parvint devant la porte de Mike Fletcher avant qu'il n'ait eu le temps de la refermer complètement.

— Pauvre monsieur Fletcher, minauda-t-elle en se glissant dans l'encadrement, vous avez toute ma sympathie... Ça ne doit pas être facile pour vous de renoncer à toute vie amoureuse jusqu'à ce que les médecins vous jugent guéri...

Sans crier gare, le journaliste l'attira à l'intérieur de la pièce, et l'adossa à la porte refermée tout en la maintenant fermement pour l'empêcher de s'échapper.

— On guérit plus vite si on a une bonne infirmière sous la main, souffla-t-il en la détaillant effrontément.

— Alors pourquoi pas Pam ?

— Ecoutez-moi bien, Samantha Lyons : j'ai été blessé à l'épaule, et tout le reste fonctionne à merveille. Mais comme j'ai manifestement affaire à une personne qui ne croit que ce qu'elle voit, voyez vous-même...

Il l'attira soudain plus près de lui. Comme elle ne protestait pas et semblait au contraire le défier du regard, il saisit une de ses mains, sur laquelle il se pencha. Samantha eut du mal à ne pas tressaillir lorsqu'elle sentit la pointe de la langue du jeune homme passer d'un mouvement rapide dans le creux de sa paume.

Quand Mike Fletcher releva la tête, ses yeux brillaient :

— Délicieux, murmura-t-il, et ses lèvres vinrent effleurer celles de la jeune femme.

Il la serra un peu plus contre lui, et ajouta :

— Mais je devrais faire attention, vous pourriez y prendre goût au point de ne plus pouvoir vous en passer...

Samantha rejeta la tête en arrière, les yeux si sombres soudain qu'ils en paraissaient noirs :

— Vous savez, monsieur Fletcher, ça se soigne...

— Vous n'êtes qu'une sorcière bornée, Samantha.

Il y avait de l'admiration dans sa voix lorsqu'il ajouta :

— Mais c'est peut-être pour ça que je vous aime bien, Sam. Vous avez du répondant. Tous les coups sont permis avec vous, non ?

— Oui, du moment que j'ai décidé de gagner, rétorqua-t-elle en luttant violemment contre le désir de passer ses bras autour du cou du jeune homme.

Stoïque, elle parvint à garder les bras le long du corps, sans bouger, et ajouta d'un ton ferme :

— Et personne en dehors de ma famille ne m'appelle Sam.

— Eh bien moi, si. Un nom masculin pour un être si féminin, ça me fait le même effet que de voir une jolie fille porter une veste de pyjama d'homme : je trouve ça on ne peut plus sexy !

— En effet, votre blessure ne semble pas vous avoir trop atteint... Mais il se fait tard, et vous avez une journée chargée, demain, avec mon grand-père, alors si vous le voulez bien, je vais regagner mes appartements...

— Pas sans prendre un dernier verre, qu'en dites-vous ?

— Non, merci. Pour le petit déjeuner demain matin, il vous sera servi où vous voulez quand vous voulez à partir de 8 heures. Bonne nuit.

La main sur la poignée de la porte, elle se ravisa :

— Ah ! Mike, encore une chose : ne vous baladez pas tout seul dans la maison tard dans la nuit. On ne sait jamais ce que vous pourriez rencontrer...

Sur ces mots, Samantha quitta la pièce sans se retourner, fermant doucement la porte derrière elle.

Mike se laissa tomber sur le lit avec un petit rire, mains croisées derrière la tête. Mais il fronça les sourcils en se remémorant le feu que Samantha semblait avoir fait apparaître dans la cheminée comme par magie, en claquant simplement des doigts, un peu plus tôt dans la soirée. Et quel feu ! Pas une toute petite flambée, mais de grandes et belles flammes... « Que signifient ses dernières paroles ? *On ne sait jamais ce que vous pourriez rencontrer*... Comment, *ce* que je pourrais rencontrer ? Elle a dû vouloir dire *qui* je pourrais rencontrer. C'est ça, *qui*... En tout cas je l'espère... »

Le jeune homme se sentit tout à coup mal à l'aise. Il regarda autour de lui avec une appréhension qui le surprit lui-même. « Bah ! je dois être fatigué... Drôle de maison quand même... Une chance que je sois trop épuisé pour aller vérifier les dires de cette diablesse... »

2

— EVAN, je vous rappelle que les huit premiers épisodes devraient déjà être en boîte !

Samantha transporta le téléphone sans fil jusqu'à la table où l'attendait son premier café de la journée. Là, elle reprit d'une voix cassante :

— L'équipe des effets spéciaux en prend trop à son aise. Je sais bien que Troy est un perfectionniste, mais ce n'est pas une raison pour retarder ainsi toute la production. Je ne tolérerai pas qu'il joue les dictateurs. La prochaine fois qu'il agit de cette manière, dites-lui de m'appeler pour que je règle ça directement avec lui. Vous, vous travaillez avec lui, c'est plus délicat. Je peux endosser le mauvais rôle.

Il y eut un silence pendant lequel la jeune femme écouta son interlocuteur, puis elle répondit :

— Oui, il va bien, merci. Je vais effectivement rester au manoir quelque temps.

Elle eut un petit rire bref suite à une remarque faite à l'autre bout de la ligne, salua et coupa la communication.

Après avoir posé le combiné à côté de son assiette, elle se tourna vers Mike, qui se tenait fort indiscrètement dans l'encadrement de la porte :

— Avez-vous appris quelque chose d'intéressant, monsieur le journaliste ?

— Eh bien, le dénommé Troy, des effets spéciaux, se prend pour un dictateur, et s'il ne se montre pas plus raisonnable, il sera détrôné...

Mike se servit une tasse de café, et en proposa une à la jeune femme, qui venait de finir la sienne. Samantha refusa d'un signe de tête. Il replaçait la cafetière sur son socle lorsqu'une voix le fit sursauter :

— Que prenez-vous au petit déjeuner, monsieur ?

Le journaliste n'avait pas entendu arriver le majordome, qui se tenait pourtant juste à côté de sa chaise. Stupéfait, il leva la tête :

— Oh ! vous êtes là, Reynolds. Eh bien, je ne prendrai rien de très original : des œufs et du bacon, voilà tout.

Le majordome inclina la tête :

— Et comment voulez-vous vos œufs ?

Mike était convaincu que la componction du vieil homme devait en impressionner plus d'un.

— Au plat, tout simplement.

Le majordome opina du chef et tourna les talons.

Mike se pencha vers Samantha :

— Dites-moi, n'a-t-il pas joué dans certains des films de votre grand-père, ce sévère majordome ?

— Reynolds est très fier d'avoir été le majordome au masque de pierre dans plus de cinquante films d'horreur. Il estime faire partie d'une espèce en voie de disparition.

Samantha déposa un peu de confiture de framboise sur son toast avant d'ajouter :

— Il est vrai qu'on ne trouve plus facilement de

majordomes fiables dans ce pays. Voilà plus de quarante ans qu'il fait partie de la famille...

— Franchement, on dirait un cadavre ambulant.

— Dans ce cas, il est à sa place ici, non ?

Mike se pencha un peu plus en avant, les coudes en appui sur la table :

— A ce propos, que vouliez-vous dire hier soir ? Vous savez, au sujet de *ce* que je risquais de rencontrer si je me baladais la nuit dans la maison ?

Samantha leva vers lui de grands yeux innocents :

— Pourquoi ? Il vous est arrivé quelque chose ?

Le journaliste se rappela le hurlement à vous glacer le sang qui l'avait réveillé à 3 heures du matin. Il n'avait pas pu refermer l'œil jusqu'à l'aube, guettant le moindre bruit. Le plus étrange était que lorsque le jour s'était enfin levé, il n'aurait plus su dire si ce cri avait été réel ou s'il faisait partie d'un rêve.

— A moi ? Non. J'ai dormi comme un mort.

Il fit la grimace à ce mot :

— C'est sûrement lié au cadre dans lequel nous nous trouvons.

Samantha eut un petit signe de tête. Ainsi il avait décidé de ne rien dire au sujet du hurlement dans la nuit ?

— J'ai parlé avec le baron ce matin. Il souhaite que vous commenciez par visiter le manoir, car celui-ci recèle beaucoup de souvenirs des films qu'il a tournés. Il pense que ça pourrait vous donner des idées sur les questions que vous lui poserez.

Mike acquiesça, puis demanda :

— Où est le reste de la famille ?

— Randy est en bas, au garage. Les automobiles

sont un de ses passe-temps. Jeremy part tout le temps en virée on ne sait où. Quant à Pam, elle adore faire la grasse matinée à chaque fois qu'elle le peut.

— Et vous, vous vous levez toujours tôt, pour téléphoner au bureau et tout superviser. C'est vous qui avez pris la direction de la firme quand votre père est mort, c'est ça ?

Samantha quitta sa chaise :

— Vous êtes ici pour interviewer le baron, pas moi. Rendez-vous dans le salon pour la visite guidée dans une heure.

Mike attendit qu'elle ait quitté la pièce pour prendre le combiné du téléphone, resté sur la table. Après avoir composé son code de façon à ce que le coût de l'appel soit débité sur son compte, il fit un numéro à Los Angeles :

— Salut, Jenny. Pourrais-tu me rendre un service ? Il faudrait que tu réunisses un maximum d'informations sur la firme cinématographique du baron Lyons, en particulier tout ce qui concerne la personne qui la dirige, Samantha Lyons. Envoie-moi tout ça dans les meilleurs délais. Merci, Jenny. A bientôt.

Il venait à peine de reposer le combiné que Reynolds resurgissait silencieusement, pour déposer une assiette devant lui.

« Je devrais lui attacher une clochette, comme ça je l'entendrais arriver », se dit-il tout en attaquant son petit déjeuner.

Soixante minutes plus tard exactement, Mike retrouvait Samantha dans le salon où elle lui avait donné rendez-vous.

— Avant tout, dit-elle, je dois vous avertir : le baron a toujours eu un sens de l'humour un peu particulier, et vous le constaterez partout dans ce manoir. Il a rassemblé ici toutes sortes d'objets plus ou moins étranges liés à ses films. Alors ne touchez à rien sans m'avoir consultée auparavant, et n'entrez jamais dans une pièce sans être accompagné de l'un d'entre nous. Sinon, vous risquez d'avoir de mauvaises surprises...

Le jeune homme éclata de rire :

— A vous entendre, on croirait que je risque de me faire prendre au piège de passages secrets ou de découvrir que vous torturez des gens dans la cave, ou Dieu sait quoi encore...

Samantha eut un sourire qu'il qualifia intérieurement de carnassier :

— Ou Dieu sait quoi encore, répéta-t-elle sur un ton qui n'annonçait rien de bon.

Mike Fletcher ne s'embarrassa pas de questions : il connaissait déjà suffisamment la jeune femme pour savoir qu'elle n'aurait de toute façon pas daigné lui répondre. Il se contenta d'accepter ses conditions :

— D'accord, nous procéderons suivant vos instructions, du moins pour le moment...

La visite pouvait commencer, et le journaliste suivit son guide dans le vestibule, magnétophone de poche en main.

— A l'origine, un manoir similaire à celui-ci avait été conçu pour l'un des films du baron, intitulé *L'Homme qui marchait la nuit*. Mon grand-père a été fasciné par les lieux au point d'embaucher un architecte chargé de transformer en manoir réel ce qui n'était qu'un décor de cinéma. La construction s'est achevée en 1940, année où le baron a emménagé sur place avec son épouse, Jenny. Mon père est né ici quelques années plus tard.

— Votre grand-père n'a pas été mobilisé pendant la guerre ?

— Si, mais l'armée a découvert qu'il avait le cœur fragile. Rien de dramatique, à condition de faire attention bien sûr.

Ils étaient parvenus dans une pièce immense.

— On dirait une salle de bal, murmura Mike.

— C'en est bien une. Des fêtes mémorables ont été organisées ici. Le Tout-Hollywood se déplaçait, malgré la distance, pour venir assister aux célèbres soirées du baron. Nous avons des tas d'albums remplis de photos de ces extraordinaires moments, ainsi que des films de l'époque que nous avons pu recopier sur vidéocassettes.

La jeune femme traversa la pièce pour aller ouvrir une haute porte-fenêtre qui donnait sur un autre vestibule.

— Que voyez-vous ? demanda-t-elle au journaliste.

— Ce que je vois ? Mais... Un grand mur couvert de tableaux et de candélabres. Pourquoi ? Il y a un piège ?

Samantha se contenta de sourire :

— Après vous...

Mike avança sans hésiter et se cogna le nez contre un mur !

— L'un des plus proches amis de mon grand-père était un artiste qui adorait la peinture en trompe-l'œil. Il était doué, non ? La vraie porte se trouve là-bas, sur la gauche.

— Votre petit ami ne voit-il aucun inconvénient à ce

que vous passiez autant de temps ici ? A moins qu'il vienne aussi ?

— C'est de la maison que nous parlons, pas de ma vie amoureuse.

— Les deux vont ensemble, non ? Une belle femme comme vous ne devrait pas passer ses nuits seule, ce serait un crime.

Samantha négligea de répondre. Ils étaient parvenus devant une autre pièce. La jeune femme donna de la lumière en reprenant une voix professionnelle de guide :

— On utilise cet endroit comme salle de projection.

Mike nota la télévision à écran géant équipée d'un magnétoscope dernier cri, et Samantha fit apparaître un écran de cinéma en appuyant sur un bouton dissimulé dans le mur.

— Si vous voulez visionner n'importe lequel des films du baron, ils sont à votre entière disposition ici.

Le journaliste avisa les grandes cuillères à cocktail rassemblées dans un verre sur le bar installé dans un angle :

— Elles sont surmontées d'une tête de mort ! s'exclama-t-il d'un air dégoûté.

Samantha prit place sur une banquette placée sous la fenêtre :

— Je vous avais prévenu : le baron a un sens de l'humour spécial. Alors encore une fois, faites attention à ce que vous touchez.

— On dirait que ça vous fait plaisir de m'effrayer, je me trompe ?

— Je n'aurais jamais imaginé qu'un homme de votre trempe, qui a couvert des guerres, pouvait avoir peur d'une simple maison !

— Cet endroit n'a rien d'une « simple maison » : des pièces qui n'existent pas mais sont peintes sur les murs, des cuillères à cocktail qui supportent des têtes de mort, des feux qui se mettent à crépiter dans la cheminée sur un claquement de doigts, sans compter les gargouilles qui ornent l'extérieur, reconnaissez que ce n'est pas tout à fait le genre de demeure que l'on voit dans *Maisons et Jardins*...

— En effet. Mais je ne comprends toujours pas pourquoi vous semblez si inquiet. J'ai passé des années ici, et cela n'a eu aucune incidence sur moi.

Mike Fletcher n'en était pas aussi sûr, mais il se borna à dire :

— Les jolies femmes ont besoin d'un bel environnement.

Elle hocha la tête de façon à lui montrer qu'elle avait apprécié le compliment. Les mots du baron concernant l'absence d'homme dans sa vie lui revinrent tout à coup en mémoire. Elle songea que son grand-père verrait sans doute d'un bon œil Mike Fletcher dans le rôle du chevalier servant, mais elle n'aurait su dire si cette idée lui plaisait ou l'ennuyait. Chassant ces pensées, elle expliqua au journaliste :

— Nous avons tous passé la plupart de nos vacances ici. Roland, mon père, était le fils unique du baron, et ils ont toujours été très proches. Ma grand-mère est morte d'un cancer alors que Roland n'était encore qu'un adolescent.

— Votre grand-père a dû terriblement souffrir de ces disparitions prématurées...

— Il a définitivement condamné la porte de la chambre à coucher qu'il partageait avec sa femme dès le lendemain de sa mort, et s'est installé dans la tourelle qu'il occupe aujourd'hui encore. En ce qui concerne la crise cardiaque de Roland, ce fut une douloureuse surprise pour chacun d'entre nous, mais les Lyons ont survécu, comme toujours.

Le jeune homme tendit la main pour attraper un petit livre relié en cuir, mais il hésita et adressa un regard interrogatif à Samantha, qui lui fit un signe d'assentiment.

— Allez-y, dit-elle, il n'y a pas de danger. Vous devriez le trouver intéressant, je crois.

Il le feuilleta, et remarqua aussitôt :

— Seules deux pages ont été remplies, toutes les autres sont vierges...

— C'était pour les besoins du film *Le Docteur et son Double :* une seule page du journal tenu par le médecin étant filmée, pourquoi aurait-on pris la peine de noircir les autres ?

Mike entreprit de lire à voix haute :

— *Je fais des rêves de plus en plus violents depuis quelques mois. Je crains pour la vie de ma chère Lavinia si je ne découvre pas rapidement le remède. Elle doit se demander pourquoi je passe toutes mes nuits loin d'elle, mais je ne peux pas prendre le moindre risque de voir mon affreux double surgir sous ses yeux...*

— C'est une variante de *Dr Jekyll et Mr Hyde*, comme vous pouvez le constater. A la fin, c'est le monstre qui l'emporte sur l'homme : même la femme qu'il aime ne peut le sauver...

— Je suis prêt à parier que vous, vous l'auriez sauvé. Vous paraissez assez têtue pour domestiquer n'importe quel monstre, ajouta-t-il en se rapprochant d'elle, l'air gourmand.

— Attention, Mike Fletcher, vous ne pouvez pas toucher à tout impunément ici...

— Peut-être, mais vous, je vous ai déjà touchée, et je n'en suis pas mort ! Au contraire... Et si on allait dans un coin plus tranquille ? murmura-t-il d'une voix altérée par le désir.

— Mais je suis très bien ici, moi. Cette banquette est très confortable, et bien assez grande pour deux, fit-elle d'un air coquin en tapotant le siège pour l'inviter à y prendre place.

Il ne se le fit pas répéter, et en moins de temps qu'il ne faut pour le dire, la jeune femme était dans ses bras. Mike se penchait pour l'embrasser lorsque soudain, il écarquilla les yeux et se redressa d'un bond.

— Que se passe-t-il ? s'inquiéta Samantha.

Son regard de nouveau faussement innocent aurait dû l'avertir, mais il était trop bouleversé par ce qu'il venait d'apercevoir.

— Un corps, là, dans le siège ! répondit-il d'une voix mal assurée en pointant un doigt tremblant sur la banquette recouverte d'une vitre qui laissait en effet voir l'intérieur du coffre.

— Allons, Mike, vous en faites un peu trop, là. Nous ne sommes pas dans un de ces films d'horreur des années trente, avec des cadavres disséminés un peu partout dans la maison et un assassin tapi dans un passage secret.

— Mais regardez donc ! Il vous semble peut-être normal qu'un corps soit intégré à cette fichue banquette, mais excusez-moi de vous dire que ça sort de l'ordinaire pour moi. Evidemment, dans un lieu pareil ça doit arriver tous les jours ! Peut-être même est-ce votre premier souci chaque matin, juste après le petit déjeuner : découvrir le corps mort du jour !

— Calmez-vous, voyons ! Vous délirez, mon cher.

Le journaliste s'apprêtait à répondre, mais il y renonça et, rassemblant tout son courage, se baissa sur la banquette pour en soulever le couvercle de verre. Il fronça les sourcils en voyant de plus près ce qui l'avait tant effrayé.

— Ah ! c'est Harry qui vous a mis dans un état pareil, constata Samantha en jetant un bref coup d'œil vers le coffre capitonné de velours à la manière d'un véritable cercueil.

— Harry ?

— Il est là depuis si longtemps que nous avons tendance à oublier que des personnes étrangères à la famille sont susceptibles de ne pas le voir de la même façon que nous...

— Bon sang ! un faux cadavre ! s'exclama le journaliste.

Il s'agissait en effet d'un mannequin d'excellente facture, sur le front duquel on avait peint une tache rouge figurant l'impact d'une balle avec un réalisme saisissant. Son expression de profond étonnement était parfaitement rendue elle aussi. Au premier coup d'œil, il pouvait facilement passer pour un homme véritable, et Mike s'était laissé piéger.

Le journaliste s'apprêtait à le tirer à lui lorsque la main de Samantha, rapide comme l'éclair, arrêta son geste :

— Vous n'y pensez pas, Mike ! Harry est très vieux

et très fragile. Sa tête est en porcelaine. On n'en trouve plus de pareil de nos jours. C'est un travail d'artiste.

— Encore un souvenir d'un des films du baron, je suppose ? Pourquoi ne collectionne-t-il pas plutôt des objets inoffensifs ? Je ne sais pas, moi, disons des armes à feu, ou encore des poignards !

— Le baron pense qu'il est dangereux de conserver des armes à feu chez soi.

Mike leva les yeux au ciel en entendant ces mots, mais laissa son interlocutrice poursuivre :

— Pour Harry, c'est simple : il a tenu un rôle très important dans le film *La Maîtresse de l'assassin*, fit-elle en rabattant le couvercle et en s'asseyant dessus comme si c'était la chose la plus naturelle du monde. Harry, c'était le cadavre découvert au début du film, un bien étrange cadavre qui refusait de rester enterré ! Une fois le film terminé, le baron l'a apporté ici ; c'est lui qui a eu l'idée d'offrir à Harry cette banquette pour dernière demeure. Il a même fait remplacer le couvercle d'origine par celui que vous voyez aujourd'hui.

Elle donna une petite tape quasi affectueuse au couvercle de verre et dit avec un petit rire :

— C'est exactement comme un animal de compagnie, pour nous !

— Vous devriez essayer d'avoir un chien, c'est autrement moins effrayant ! Evidemment, d'après ce que j'ai pu constater, ce qui vous conviendrait le mieux serait sans doute un de ces molosses aux dents longues, genre vampire assoiffé de sang !

Ce disant, il s'aperçut que la lampe qu'il était en train de triturer avait pour base une hideuse gorgone d'onyx.

— Décidément ! fit-il. Où vous fournissez-vous donc ?

— Ne vous avais-je pas dit, dès le début, que certains des objets qui ornent le manoir sont surprenants ?

— Si, mais « surprenants » n'est pas vraiment le mot que j'aurais employé...

— Et si on continuait la visite ?

— Dites-moi seulement si je risque encore de me trouver confronté à des cadavres...

— Aucun danger : le baron n'en fait jamais trop dans un même domaine, il prétend que ça gâche tout. En revanche, attendez-vous à d'autres sujets d'étonnement : il adore multiplier les effets, et c'est au moment où vous ne serez plus sur vos gardes qu'une nouvelle surprise vous tombera sur le coin du nez...

— Bon, allons-y, soupira le jeune homme. Je m'attends à ce qu'une trappe s'ouvre sous mes pieds pour me plonger dans une cuve d'huile bouillante...

Mike avait beau essayer de plaisanter, il avait perdu beaucoup de son enthousiasme en une heure...

Ils parvinrent devant une nouvelle porte-fenêtre qui s'ouvrait sur un jardin luxuriant, une piscine et des courts de tennis.

— Trompe-l'œil ou réalité ? demanda le journaliste, méfiant.

— Pas de panique, c'est une vraie ! s'exclama gaiement son guide.

Ils traversèrent un salon de musique, puis une grande bibliothèque aux murs couverts de livres du sol au plafond.

— Je vais maintenant vous montrer l'un de nos endroits préférés, annonça Samantha.

C'était une sorte d'atrium fermé par des parois de verre. La jeune femme expliqua :

— Ma grand-mère adorait jardiner, mais l'air ici est trop chargé en sel, à cause de la proximité de l'océan. Rares sont les plantes qui résistent à un tel traitement, aussi mon grand-père a-t-il décidé de faire construire cette pièce pour sa femme.

Elle suivit le regard du journaliste qui passa de la cheminée aux meubles en rotin disposés dans un coin, dont un fauteuil garni de jolis coussins, et murmura :

— Il nous a expliqué qu'elle adorait venir s'installer ici avec un bon livre.

— Pourquoi ne s'est-il jamais remarié ?

Samantha tourna vers lui des yeux furieux qui avaient viré au violet foncé :

— Parce que les Lyons croient au grand amour, et ont depuis longtemps compris qu'on ne le rencontre qu'une seule fois dans une vie. Si par malheur l'être aimé vient à mourir, ils ne se bercent pas d'illusions et n'essaient même pas de combler le vide qu'il a laissé, car ils savent bien au fond d'eux-mêmes qu'il est irremplaçable.

Mike enregistra l'information dans un petit coin de sa mémoire. Quelque chose lui disait que la jeune femme n'avait pas encore rencontré ce grand amour dont elle parlait avec une telle passion.

— C'est pour cette même raison que votre père ne s'est pas remarié après la disparition de votre mère ? Parce qu'il savait qu'il ne parviendrait pas à la remplacer ? La rumeur prétend qu'il ne sort jamais deux fois accompagné de la même femme...

Le visage de Samantha se ferma et elle coupa court à la conversation :

— Vous vous éloignez encore de votre sujet, monsieur Fletcher : tâchez de vous souvenir que c'est le baron que vous êtes venu interviewer.

Le journaliste se dirigea tranquillement vers la cheminée, tout en répondant calmement :

— Je ne l'oublie pas, simplement je m'intéresse à tout ce qui peut m'aider à mieux comprendre le cadre de vie du baron, et sa famille en fait largement partie, accordez-le-moi !

Ce disant, il s'appuya nonchalamment sur le manteau de la cheminée.

— Ne faites pas ça ! s'écria Samantha en se précipitant vers lui.

Mais, se prenant les pieds dans un petit tabouret, elle faillit tomber, et atterrit brutalement contre la poitrine de Mike. Sous leur poids, la cheminée parut céder et un panneau s'ouvrit dans le dos du journaliste. Ils tombèrent tous deux à la renverse tandis que le panneau se refermait sur eux sans bruit.

— Ah ! bravo ! grommela Samantha en s'éloignant promptement du jeune homme. Je vous avais pourtant bien dit de ne toucher à rien sans m'avoir au préalable consultée !

— Pas d'huile bouillante, c'est déjà ça... Mais vous savez, Sam, si vous vouliez vous retrouver en tête à tête avec moi, il suffisait de le dire ! Inutile d'en arriver à de telles extrémités !

— Très drôle ! Vous nous avez en fait jetés dans un de ces passages secrets au sujet desquels vous plaisantiez tantôt...

— On n'est pas mal ici, mais il fait un peu sombre. Je suppose qu'il n'y a pas d'électricité ?

La jeune femme tâtonna à la recherche du bouton d'ouverture du panneau, qu'elle savait dissimulé dans le mur, mais ses mains rencontrèrent le corps de Mike, qui s'empressa de l'attirer à lui. Effleurant de ses lèvres son cou gracile, il murmura d'une voix rauque :

— Pas étonnant que les vampires mordent le cou de leurs victimes : ils ont bien compris que c'est la plus tendre des parties du corps, la plus érotique aussi...

Il prit délicatement la chair entre ses dents, la mordillant avec douceur, ce qui eut pour effet d'arracher un gémissement de plaisir à la jeune femme.

— Arrêtez ! supplia-t-elle, mais tout son corps lui demandait au contraire de continuer...

— Voilà une excellente manière de conclure la visite, murmura-t-il en posant ses lèvres sur celles de Samantha.

Ils échangèrent un baiser passionné, puis Mike la serra contre lui et lui chuchota à l'oreille :

— Je ne sais pas ce que vous en pensez, mais il me semble que nous devrions nous trouver un endroit plus confortable, non ? Vous savez comment nous faire sortir d'ici ?

— Oui, répondit-elle dans un souffle.

A ce moment précis une voix masculine leur parvint, un peu assourdie par l'épaisseur du panneau, mais reconnaissable : Jeremy !

— Tu es sûre qu'on ne viendra pas nous déranger ?

— Tu sais bien que Reynolds est le seul à venir ici pour prendre soin des plantes, et il est déjà passé ce matin, lui répondit la voix étouffée de Pamela. Personne ne peut nous entendre.

Voyant Mike se pencher en avant avec l'intention évidente de crier, Samantha lui mit une main sur la bouche avant de lui murmurer à l'oreille :

— Attendez, ça pourrait être intéressant...

La voix de Pam s'éleva de nouveau :

— Il va falloir nous organiser.

— Franchement, Pam, tu exagères : tu agis comme si Grand-père devait mourir d'un instant à l'autre. Nous ne sommes pas si mal lotis dans sa société, après tout. Qu'est-ce qui te pousse à vouloir diriger cette firme ?

Cette fois, c'était la voix de Randy qui s'était élevée.

— Je suis sûre que je ferais parfaitement l'affaire.

— Et qu'attends-tu de nous ? Notre soutien ? Je crains que nous n'ayons guère d'influence sur Grand-père, ma pauvre, dit Jeremy.

— Il faudra bien qu'il nous écoute : l'avenir de sa firme dépend entièrement de nous. Et il est temps de produire le genre de films que le public attend.

— Comme par exemple...? s'enquit Randy.

— *Le Somnambule*.

Mike sentit Samantha se raidir dans ses bras. Elle se blottit contre sa poitrine et dit à mi-voix :

— Qu'essaie-t-elle de prouver, à la fin ? Comme si je n'avais pas suffisamment d'ennuis comme ça !

— Qu'est-ce que c'est que ce film ?

— Un scénario refusé, parce que trop violent : du sang et des balafres à tous les plans...

— Rien que ça !

Pendant ce temps, la conversation se poursuivait de l'autre côté du mur :

— *Le Somnambule ?* s'étonna Jeremy. Tu sais, Samantha a déjà averti Toby qu'il faudrait retoucher le scénario s'il espérait que le film puisse voir le jour : trop violent, selon elle.

— Elle refuse de produire ce film tel quel ? Eh bien moi, j'accepte ! Je trouve au contraire que c'est un merveilleux scénario, qui n'a que des qualités...

— Le type qui tue les gens dans leur sommeil ? Même moi j'ai trouvé que tout ce sang à l'écran, c'était peut-être un peu beaucoup... avoua Randy. D'un autre côté, si Toby tient à son scénario, il pourrait nous menacer d'aller le proposer à la concurrence...

— Pas de danger, il se sent trop redevable envers Samantha depuis qu'elle a accepté de lui donner sa chance avec *Un visiteur dans la nuit*. Mais parlons franc : es-tu ou non de mon côté ?

— Justement, remarqua Jeremy, à propos de ce film, *Un visiteur dans la nuit :* il nous a rapporté beaucoup d'argent. Reconnais que Samantha a de bonnes intuitions... Qui plus est, elle se charge à merveille de tout le sale boulot qui accompagne toujours la création d'un film, es-tu vraiment prête à en faire autant ?

— Hé ! ce n'est pas une sainte, tout de même ! Elle a un peu plus d'expérience que nous dans ce domaine, c'est tout ! Et ce n'est pas irrémédiable ! Nous ne sommes pas plus bêtes qu'elle !

— Bon tout ça est bien joli, Pam, mais il n'y a pas urgence. Moi, je retourne au garage, annonça Randy. On a tout le temps d'y réfléchir...

Les voix devenaient de moins en moins audibles,

signe que Jeremy, Randy et Pamela s'éloignaient de la cheminée.

— Ils vont quitter la pièce, souffla Samantha, nous allons enfin pouvoir sortir.

En effet, ils n'entendirent bientôt plus un bruit. Prudents, ils attendirent quelques minutes, puis Samantha actionna l'ouverture du panneau. Après avoir soigneusement inspecté les environs, ils sortirent de leur cachette. Avant que le panneau ne se referme derrière eux, Mike eut le temps d'apercevoir un petit passage qui partait sur la gauche.

— Où cela mène-t-il ? demanda-t-il avec un petit geste du menton.

— A l'ancienne chambre de mes grands-parents. Quand sa femme est tombée malade, le baron a pris l'habitude de la porter de son lit au fauteuil de rotin que vous regardiez tout à l'heure en passant par ce raccourci...

— C'est vrai ? Dites-moi, est-ce que votre famille tient un journal, ou quelque chose dans le genre ? Ça doit être passionnant à lire !

— Figurez-vous que oui ! C'est Reynolds qui a pris cette initiative...

— Le majordome ? Génial !

— Reynolds est une mine d'informations sur la famille, mais je vous défends de le déranger. Le baron sera en mesure de répondre à toutes vos questions, croyez-moi.

Après avoir consulté sa montre, la jeune femme ajouta :

— Nous allons bientôt déjeuner, et n'oubliez pas que le baron souhaite vous rencontrer aussitôt après.

— Mais nous n'avons pas fini de visiter le manoir ! protesta-t-il d'un air moqueur. Vous ne m'avez pas montré le... donjon ! Et puis les autres étages ! A moins qu'ils me soient interdits ?

— Non, les seules pièces que vous ne pourrez visiter sont les chambres à coucher. Je dois maintenant donner quelques coups de fil, profitez-en pour aller voir les jardins, le temps a l'air de s'être levé. Je vous retrouverai après déjeuner dans l'antre du baron.

Mike la retint par le bras :

— Sam, vous ne pouvez nier l'évidence : nous sommes irrésistiblement attirés l'un par l'autre...

— Vous êtes journaliste, Mike, et je ne tiens pas à voir ma vie jetée en pâture au public...

— Mais enfin, pour qui me prenez-vous ?

— Pour un reporter, et chacun sait qu'ils sont prêts à tout pour signer un article à sensation...

— Je ne suis pas de ceux-là, Sam. Pourquoi ne nous laissez-vous pas une chance ?

— Parce que vous n'êtes pas ici pour faire le joli cœur, mais pour interviewer mon grand-père. Et si vous voulez me convaincre de votre bonne foi, renoncez à ce projet, sautez dans votre voiture et rentrez à Los Angeles tout de suite...

— Vous oubliez un détail : c'est votre grand-père l'instigateur de cette interview, pas moi... Mais dites-moi, ne serait-ce pas justement là le problème ? Vous êtes furieuse parce que le baron n'a pas jugé utile de vous annoncer ma venue...

— Pensez ce que vous voudrez.

— Mais enfin, Sam, dans ce passage secr...

— Oui, Reynolds ? l'interrompit la jeune femme

en regardant au-delà de l'épaule du journaliste.

Mike se retourna aussitôt, mais il ne vit personne. Lorsqu'il voulut de nouveau faire face à Samantha, elle avait disparu.

« Comment a-t-elle fait ça ? Je n'ai rien entendu, et je ne me suis pas retourné plus d'une seconde ! » se dit-il, perplexe. Un frisson courut le long de son épine dorsale. Mike Fletcher, le grand reporter de guerre qui avait aussi affronté des assassins en tout genre dans l'espoir d'obtenir un bon article, ne s'était jamais senti aussi déstabilisé que dans ce maudit manoir.

3

En tout début d'après-midi, Reynolds escorta le journaliste jusqu'à la tourelle du baron. Après avoir gravi un escalier tournant, le jeune homme se retrouva seul dans une sorte de salon d'attente, ce qui lui laissa tout loisir d'observer les lieux. Il fut surpris de ne voir aucun des étranges souvenirs de tournage du vieil acteur.

Une voix le tira subitement de ses pensées :

— J'ai entendu dire que vous aviez fait la connaissance de mon vieil ami Harry ce matin...

— On peut dire ça comme ça...

— Mais prenez donc un siège, mon jeune ami.

Après avoir obtenu l'autorisation du baron, le jeune homme enclencha le bouton d'enregistrement du petit magnétophone qui ne le quittait pas.

— Si je vous ai fait venir ici, commença le baron, c'est que j'aimerais voir un certain nombre de choses imprimées noir sur blanc, et que j'ai toujours détesté écrire, même une simple lettre. La seule de la famille qui s'intéresse à l'histoire de notre firme cinématographique, les « Productions du Baron », c'est Samantha, mais elle est débordée et je ne peux pas lui imposer un surcroît de travail en lui demandant en plus de rassembler mes souvenirs par écrit.

— Par où allons-nous commencer ? Que diriez-vous de *Noirs Desseins ?* Des débuts difficiles, je crois ?

— C'était mon premier rôle, et j'ai bien cru que ce serait aussi le dernier. Vous êtes très bien renseigné, monsieur Fletcher.

— Appelez-moi Mike, si vous n'y voyez pas d'inconvénient.

— Très bien, Mike. A l'époque, on parlait de Marianna Poole comme d'une nouvelle Garbo. Malheureusement, j'ai commis la très grave erreur d'entrer en scène trop tôt, gâchant ainsi sa tirade la plus importante. Elle a bien essayé de me repousser discrètement, mais je me suis cogné contre une lampe, qui est allée se fracasser sur le sol... Dans un film d'horreur où deux hommes rôdent la nuit pour s'en prendre à d'innocentes jeunes filles, cette scène digne d'une farce grotesque était plutôt mal venue ! Il a fallu recommencer la prise, et inutile de vous dire comment Marianna Poole a réagi...

Le baron passa ainsi deux heures à évoquer les anecdotes les plus marquantes de sa carrière.

Comme le vieil acteur en arrivait aux nombreuses célébrités auprès desquelles il avait appris son art, le journaliste revint à la grande Marianna Poole :

— Vous m'avez expliqué qu'elle vous avait pardonné votre maladresse du début, mais considérez-vous qu'elle a été un bon professeur pour vous ?

— Le meilleur, Marianna Poole a été le meilleur des professeurs...

La voix de Samantha s'éleva soudain dans la pièce :

— Honte à toi d'oser évoquer le nom d'une autre

femme dans la maison de Grand-mère. J'espère qu'elle viendra te rendre une petite visite nocturne et te le fera chèrement payer !

La jeune femme alla directement s'asseoir à côté du baron :

— Alors, combien de scandales avez-vous remués, tout ce temps ?

— Aucun. Les hommes ne s'intéressent pas aux potins, rétorqua le journaliste.

— Bien sûr que si, et les journalistes plus encore que les autres.

— Je me trompe, ou vous avez une dent contre les journalistes ?

— Seulement ceux qui ne prennent pas le temps de vérifier les informations qu'ils reçoivent.

Puis Samantha interpella son grand-père :

— Dis-moi, Baron, aurons-nous le plaisir de ta compagnie ce soir ? Je dois te dire que Pam, Jeremy et Randy sont de sortie, et qu'ils ne dîneront pas ici.

— Dans ce cas, pas d'hésitation ! Pour une fois, je pourrai manger en paix, sans ces trois paires d'yeux épiant chacune de mes bouchées, comme si ces trois-là s'attendaient à me voir m'effondrer à tout moment.

— Parfait ! Alors je propose que Reynolds te prépare une bonne tasse de thé, et que tu te reposes un peu d'ici ce soir, lui suggéra sa petite-fille en le regardant avec beaucoup de tendresse.

A ces mots, le majordome apparut, selon son habitude, comme par magie. Le journaliste, qui ne l'avait pas plus que les autres fois entendu arriver, fronça les sourcils mais ne dit rien.

— J'aurai tout le temps de me reposer quand je serai

dans la tombe, grommela le vieil homme non sans suivre le majordome.

Il protesta encore lorsque celui-ci lui tendit respectueusement le bras :

— Vous me traitez tous comme un gâteux, même vous, Reynolds ! Avez-vous oublié que vous avez trois ans de plus que moi ? Alors si quelqu'un a besoin qu'on le prenne par la main, c'est vous, mon vieux ! Regardez-vous ! Je parie que vous n'avez même pas mis votre dentier ce matin ! Qu'est-ce qu'un majordome qui refuse de porter ses dents, je vous le demande !

Avant que la porte ne se referme sur eux, Samantha et Mike entendirent distinctement le majordome répliquer à mi-voix :

— Moi au moins, mes articulations ne grincent pas par temps humide comme les gonds d'une vieille porte...

Mike n'en croyait pas ses oreilles :

— Ils sont toujours comme ça ?

Samantha eut un petit rire :

— Parfois, c'est pire encore ! Ils ont passé tant d'années ensemble qu'ils ont des rapports de vieux couple... Au fond, ils prennent bien soin l'un de l'autre...

— Et vous, Sam ? Qui prend soin de vous ? Et de qui prenez-vous soin ?

— Les hommes n'aiment pas les femmes de tête. Le fait que je dirige une société et gagne bien ma vie leur fait peur...

— On a un peu de temps avant le dîner, que diriez-vous d'une promenade dans les jardins ? Vous m'en avez parlé tout à l'heure, mais je n'y suis pas encore allé.

— Vous ne craignez pas de voir un cadavre flotter dans l'étang ? Alors on y va.

Ils redescendirent par l'escalier en colimaçon, et le journaliste suivit Samantha dans un couloir qui devait les mener aux jardins extérieurs.

— Attendez une minute, fit-il soudain, je n'ai pas l'impression que nous nous dirigeons vers l'arrière du manoir, mais plutôt vers la façade, non ?

Elle lui jeta un coup d'œil par-dessus son épaule :

— Vous croyez ?

— Vous êtes contente de vous ? Si vous croyez que je n'ai pas compris votre petit manège... Vous vous complaisez dans le rôle de la femme mystérieuse qui règne sur cette maison hantée, et sème le trouble dans l'esprit des gens avec des tours de passe-passe et des pièces de mobilier rien moins qu'effrayantes. Je ne serais pas autrement surpris de vous voir quitter la terre ferme et flotter dans les airs !

Il s'arrêta brusquement au milieu du couloir :

— Alors désolé, madame, mais je ne bougerai pas d'ici tant que vous ne m'aurez pas donné votre parole que vous ne cherchez pas à me conduire dans une pièce pleine de fantômes.

— Et moi, je vous conseille de me suivre, Mike. On se perd facilement dans ces vastes demeures. La dernière visite d'un journaliste au baron remonte à 1953. Il a voulu visiter les lieux tout seul, et on n'a plus jamais entendu parler de lui depuis...

« Elle plaisante. Je suis sûr qu'elle plaisante... » murmura-t-il pour se rassurer, mais il s'empressa de lui emboîter de nouveau le pas.

— Il y a des escaliers qui mènent dehors dans

chaque aile du manoir, reprit la jeune femme en empruntant en effet un étroit escalier de pierre en colimaçon. Arrivée en bas, elle pressa un bouton d'étain en forme de gorgone incrusté dans une lourde porte de bois, et celle-ci s'ouvrit en tournant sur ses gonds.

— Tiens ! comment se fait-il que cette porte n'ait pas produit les affreux grincements censés glacer le sang de la future victime ?

— Parce qu'on n'entend ce genre de grincements que la nuit. Tout comme les cris perçants et autres hurlements d'ailleurs... ajouta-t-elle perfidement.

— Ah ! oui, je crois bien en avoir entendu un cette nuit...

— Vraiment ? Nous y sommes pour notre part tellement habitués que nous n'y prêtons plus attention. Etait-ce un homme ou une femme ?

— Suis-je bête ! Figurez-vous que je n'ai pas pensé à lui demander son nom... Si ça tombe, c'était ce journaliste qui essayait une fois de plus de sortir d'un passage secret...

Mike inspecta le gravier de l'allée dans laquelle ils se trouvaient, puis les jardins alentour, et son coup d'œil n'échappa pas à Samantha :

— Joli, n'est-ce pas ?

— Très, répondit-il, et tout a l'air normal. Aucune de ces plantes ne me semble particulièrement dangereuse. Et pourtant, je m'attends à tout instant à entendre l'une d'entre elles, une carnivore bien sûr, me susurrer : « J'ai faim ! Viens me nourrir ! »

— Ne craignez rien, ici c'était le domaine de ma grand-mère.

Ils prirent place sur un muret de pierre, et le journaliste reprit son travail :

— Quel est votre premier souvenir lié à votre grand-père, Samantha ?

Elle n'eut pas besoin de réfléchir longuement pour répondre :

— Je ne sais pas si c'est vraiment le premier, mais c'est sans conteste le plus fort : c'est le jour où le baron, son fils (mon père) et l'acteur Vincent Price ont joué la scène des sorcières de *Macbeth* au cours d'une soirée que mon grand-père donnait ici. Je devais avoir à peu près quatre ans, et j'avais eu l'autorisation d'aller me coucher beaucoup plus tard que d'habitude, de façon à ne pas manquer les invités... J'ai adoré !

— Ce que vous semblez avoir beaucoup apprécié, c'est non seulement la performance d'acteurs mais aussi le fait d'aller vous coucher très tard, non ?

— C'est vrai. J'ai toujours été une vraie noctambule...

— Votre grand-père vous accordait-il beaucoup de temps ?

— Le baron a vraiment l'esprit de famille. C'est pourquoi il a tant souffert de la disparition de sa femme. Mais elle est toujours là, à veiller sur lui...

— Oui, l'idée d'un fantôme va bien avec ce manoir et tous ses sortilèges...

— Un fantôme, oui, mais pas effrayant, bien au contraire. Un fantôme qui vous réconforte, un très gentil fantôme qui laisse dans son sillage des effluves de Shalimar et qui chasse les mauvais rêves. Un esprit qui refuse d'abandonner sa maison terrestre. Un fantôme qu'on ne craint pas de rencontrer la nuit car sa présence est bienfaisante...

Mike se laissait bercer par ces paroles, lorsque son attention fut attirée vers une fenêtre, à l'étage. Elle était fermée, mais il lui semblait avoir vu le rideau s'agiter comme sous l'effet d'une brise légère. Et il aurait pu jurer avoir aperçu une silhouette dressée derrière ce rideau... Qui pouvait bien les épier ?

— A quelle pièce cette fenêtre correspond-elle, Sam ? demanda-t-il tout à coup en la pointant du doigt.

— C'est la fenêtre de la chambre de mes grands-parents, mais comme je vous l'ai dit, cette chambre est condamnée depuis la mort de Jenny. Pourquoi ?

— Euh... Pour rien, répondit-il, par peur du ridicule.

Samantha sentit qu'il lui cachait quelque chose, mais elle choisit de ne pas insister. Au fond, elle s'amusait comme une petite folle, et ça ne lui était pas arrivé depuis longtemps. Il y avait quelque chose de délicieux à jouer ainsi avec la raison d'un homme, et elle se réjouissait de voir celui-ci perdre pied.

Elle descendit du muret sur lequel elle était perchée :

— Bon, j'ai encore quelques coups de fil à donner, alors je vais vous laisser. Promenez-vous à votre aise, il n'y a rien à craindre ici.

— Me voilà rassuré, fit-il ironiquement. Alors à tout à l'heure.

Samantha passa plus d'une heure au téléphone. Quand ce fut terminé, elle gagna sa chambre dans l'intention de se détendre dans un bain avant de s'habiller pour le dîner.

Avant qu'elle ait eu le temps de se rendre dans la salle de bains attenante, la jeune femme entendit qu'on frappait à sa porte. C'était le baron.

— Qu'est-ce que j'apprends, Sam, tu as mis Fletcher dans la chambre bleue ?

— Tu viens seulement de l'apprendre ? Il y a du relâchement dans ton service d'information, Baron ! D'habitude tu sais tout dans les cinq minutes...

— Pourquoi, Sam ?

— Pourquoi ne poses-tu pas la question à Reynolds ?

— Sam, tu connais pourtant l'histoire de cette pièce !

— N'exagérons rien, ce n'est pas si terrible...

— Cet homme est mon invité, et je ne te laisserai pas lui jouer de mauvais tours. Car c'est bien ce que tu fais, n'est-ce pas ?

— Désolée, mais ce n'est pas moi qui ai mis Harry dans la banquette, ni disséminé tous ces curieux objets un peu partout dans la maison. Maintenant, si tu veux bien, j'aimerais prendre un bain et me préparer pour le dîner.

Le baron parti, Samantha se plongea avec délices dans un bain parfumé.

— Vous le faites exprès, avouez ! Quand je ne dîne pas ici, vous servez du rôti, et quand je viens, c'est du poulet ! grommela le baron tandis que Reynolds déposait devant lui une assiette de blancs de poulet marinés à l'indienne.

— C'est pour votre bien, monsieur le baron.

— Ça m'est égal que ce soit pour mon bien. Je

déteste le poulet. Vous savez à quel point je déteste le poulet.

Le baron jeta un regard noir au majordome, dont le visage demeura impassible.

— Je me ferais un plaisir de le brûler sur un bûcher s'il ne me devait pas des millions de dollars... murmura-t-il.

Mike regarda Samantha d'un air étonné.

— Dettes de jeu, expliqua-t-elle en soupirant. Ces deux-là se livrent à des parties de gin tellement acharnées que plus personne ne veut jouer avec eux... Ça se termine généralement par des cris, et c'est à celui qui haussera le plus le ton, comme vous pouvez l'imaginer...

— Il faut dire qu'il triche, précisa perfidement le baron.

— Sauf erreur de ma part, monsieur le baron, c'est vous que l'on a surpris à dissimuler un valet et une reine de carreau dans votre manche, corrigea doucement Reynolds tout en servant les haricots verts.

— Peut-être, mais ce n'est pas moi que l'on a surpris dans ma loge un beau jour de 1939 le pantalon sur les chaussures, en galante compagnie... Comment s'appelait cette starlette, déjà ? Lucille ? Lucinda ? Lavinia ? Ah ! j'y suis : Lorraine ! C'était bien elle, Lorraine Delveccio, dont la mère était costumière...

Admirable de sang-froid, Reynolds ne cilla même pas, mais il rétorqua avec une pointe d'ironie dans la voix :

— Vous êtes jaloux parce que Lorraine refusait de sortir avec vous...

— Faux ! C'est sa mère qui le lui avait interdit...

Mike et Samantha échangèrent un regard amusé, puis la jeune femme se décida à intervenir :

— Je vous signale, *gentlemen*, que vous êtes en train de dévoiler vos frasques passées devant un journaliste, vous tenez donc tant que ça à voir vos écarts de conduite publiés dans la presse ?

— Je ne triche pas au gin, moi, je n'ai donc pas à m'inquiéter, répondit fièrement le majordome, tout en quittant les lieux.

— Espèce de vieux schnock arrogant, vociféra le baron entre ses dents.

Puis il se tourna vers Mike :

— Tout à l'heure, Samantha et moi-même nous vous montrerons la famille Lyons sous son vrai jour, lui annonça-t-il, les yeux brillants.

Le jeune homme faillit avaler de travers :

— Je me demande si j'y tiens vraiment, murmura-t-il en prenant l'air comiquement effrayé.

— Oh ! je suis sûre que ça vous plaira, répondit Samantha avec un sourire, mais elle détourna aussitôt les yeux.

La jeune femme se sentait irrésistiblement attirée par cet homme, et ne savait qu'en penser. En grandissant, elle avait très vite compris qu'elle représentait un beau parti, et que les hommes avaient tendance à s'intéresser à son nom de famille plutôt qu'à sa propre personnalité. Aussi avait-elle depuis longtemps décidé qu'elle ne laisserait personne l'approcher de trop près.

En général, elle lisait assez clairement dans les pensées des hommes. Ils étaient si faciles à démasquer ! Mais Mike Fletcher se révélait différent. Avec lui, c'était moins évident. Par exemple, l'intérêt qu'il portait au baron paraissait sincère, et surtout jamais il n'avait cherché à le flatter, ce que le vieil acteur haïssait par-dessus tout. Et de la même manière, il lui avait clairement dit qu'elle l'attirait, sans pour autant en rajouter pour la séduire ni lui faire miroiter tout ce qu'il pourrait lui apporter en tant que membre influent de la presse écrite.

Un rugissement du baron ramena sa petite-fille sur terre :

— Du riz au lait ! Vous appelez ça un dessert !

Reynolds ne se laissa pas décontenancer par son regard furieux :

— Vous savez bien que le médecin vous interdit les pâtisseries...

— Je déteste le riz au lait !

— C'est pourquoi May vous l'a gentiment saupoudré de cannelle, pour améliorer le goût...

Tout en parlant, le majordome avait débarrassé la table, et il se retira dans la cuisine.

Samantha et Mike avaient du mal à se retenir de rire. Ils prirent l'un et l'autre une gorgée de vin pour se donner une contenance.

Le baron se leva de table :

— Sam, si on montrait à notre invité la pièce où nous adorons passer notre temps libre, toi et moi ?

— Le donjon ? demanda Mike en essayant de prendre un ton léger.

Samantha se leva à son tour et, se rapprochant du journaliste, elle glissa son bras sous celui du jeune homme :

— Si on veut. Le baron et moi aimons cet endroit un peu particulier, que le reste de la famille trouve plutôt lugubre.

— Ils n'aiment pas le manoir, un point c'est tout ! rectifia le baron.

Le vieil acteur et sa petite-fille, flanquant le journaliste, l'entraînèrent hors de la salle à manger.

Ils n'avaient pas parcouru la moitié du corridor que Samantha s'arrêtait brusquement pour appuyer sur un bouton dissimulé quelque part dans la moulure, tandis que le baron soufflait à Mike :

— Attention ! N'oubliez pas que votre article ne devra porter que sur nos entretiens d'après-midi.

— C'est promis, répondit Mike.

Pendant ce temps, un panneau avait coulissé devant eux, révélant une volée de marches de pierre.

— Suivez-moi dans notre petit salon privé, dit Samantha après s'être penchée en avant pour trouver l'interrupteur et inonder la pièce de lumière.

Mike descendit prudemment en regardant attentivement autour de lui :

— Pas de toiles d'araignée ? s'étonna-t-il.

— Ce n'est pas le style de la maison, répondit le baron une fois qu'ils furent tous arrivés au bas de l'escalier.

— Vous vous trouvez maintenant dans la pièce où le baron adore venir visionner ses films. Il y trouve l'atmosphère idéale.

Le journaliste fut impressionné par les murs de pierre et la hauteur du plafond, où étaient suspendus d'immenses lustres de cristal. Deux confortables canapés de cuir noir invitaient à se détendre plutôt qu'à s'enfuir. Mike s'approcha du cercueil placé devant l'un des deux canapés et l'examina avec méfiance :

— Que recèle-t-il, celui-ci ? Un bar ? Ou est-il juste décoratif ?

Samantha éclata de rire :

— Il sert tout simplement de table basse, dit-elle en se dirigeant vers un coin plus sombre de la pièce.

Mike perçut le bruit d'une armoire que l'on ouvre et referme avant de voir Samantha revenir avec un plateau d'argent supportant trois verres et une bouteille d'armagnac.

Le baron fit signe à Mike de s'asseoir et alla manœuvrer un levier de commande : un écran blanc apparut sur le mur, face aux deux canapés de cuir.

— Mais... et la salle de projection, là-haut ? s'étonna le journaliste, en prenant le verre que la jeune femme lui tendait et en la remerciant d'un signe de tête.

— Celle-là est pour les invités, tandis que cette pièce-ci est à l'usage exclusif de la famille, répondit Samantha en déposant le plateau sur le cercueil-table basse.

Enclenché par le baron, un film commençait : *La Mascarade de minuit*. Mike reconnut le titre du film qui lui avait valu une nomination aux Oscars. Samantha prit place à côté du journaliste :

— C'est l'un de ses préférés, lui souffla-t-elle. Nous en connaissons toutes les répliques par cœur, alors inutile de vous dire le mal que nous avons à ne pas les dire à voix haute, en même temps que les acteurs ! Un jour, on a fait une projection en famille, au cours de laquelle chacun s'était attribué un rôle et le jouait devant l'écran tandis que le film se déroulait...

Le vieil acteur leva les yeux au ciel :

— Vous auriez dû voir ça ! Ils étaient tous on ne peut plus mauvais. Ils connaissaient parfaitement le texte, certes, mais pour ce qui était de bouger... Raides comme des piquets ! Bon, maintenant, silence, qu'on me laisse apprécier cette merveille !

Il s'installa confortablement au fond du canapé, et reporta toute son attention sur l'écran.

— On dirait qu'il est entré en transe, murmura le journaliste à l'intention de Samantha.

— Il y a un peu de ça, répondit celle-ci sur le même ton. Mais taisez-vous maintenant, sinon il risque de nous mettre à la porte !

Mike essaya de se concentrer sur le film, mais il le connaissait déjà, et la présence de Samantha à ses côtés le troublait.

La jeune femme, quant à elle, avait le même problème. Elle se rendait compte que le journaliste ne regardait pas le film, mais la regardait elle, qui le regardait aussi. Et ces échanges de regards furtifs n'étaient pas pour lui déplaire, au fond.

— Est-ce que vous amenez vos petits amis ici ?

Elle sourit :

— Ce n'était pas vraiment le genre d'endroit que les adolescents apprécient...

— Ah ? Pourtant c'est suffisamment à l'écart, et en plus il fait sombre... Ça me paraît au contraire la cachette idéale pour s'isoler.

Il lui avait posé une question au présent, elle y avait répondu au passé. Que devait-il en déduire ? Pas de petit ami à l'horizon ? Le jeune homme s'en réjouissait par avance. Il jeta un bref coup d'œil au baron, et s'aperçut que le vieil homme s'était endormi devant son film. Mike en profita pour se rapprocher subrepticement de Samantha :

— Vous avez un mode de vie pour le moins original, murmura-t-il.

— Je vous l'accorde, mais ça ne veut pas dire que nous ne pouvons pas nous conduire comme n'importe quelle famille typiquement américaine quand nous le voulons.

— Oui, mais c'est aussi le milieu dans lequel vous vivez qui vous rend si intéressante...

— Vous voulez parler de mon héritage familial ?

« Dans tous les sens du terme, ajouta-t-elle intérieurement, et en particulier de la fortune de mon grand-père, je suppose... Comme d'habitude... »

Mike se rapprocha encore un peu, et ses lèvres effleurèrent l'oreille de la jeune femme lorsqu'il lui susurra :

— Pas exactement... Parce que vous pourriez faire partie de la plus banale des familles américaines, vous vous distingueriez toujours des autres à cause de votre personnalité hors du commun.

Un nouveau coup d'œil au baron lui confirma que le vieil acteur était toujours aussi profondément endormi, et il demanda à voix basse :

— S'il se réveillait et nous surprenait... disons... dans une posture compromettante, croiriez-vous qu'il me jetterait un sort, ou, pire, s'empresserait de boire tout mon sang ?

— Je crois que le baron se contenterait de critiquer votre technique...

La pointe de la langue du jeune homme vint caresser le lobe de l'oreille de Samantha, jouant avec sa boucle d'oreille. Intrigué, Mike s'intéressa de plus près à l'objet de facture complexe :

— Ça alors ! Une toile d'araignée ! Et il y a vraiment une petite araignée en plein milieu... Au moins, celle-là n'est pas dangereuse, malgré le petit point rouge peint sur elle !

— Dans cette maison il n'est pas prudent de vous montrer si sûr de vous... Un esprit pourrait vous entendre, prendre en mauvaise part votre suffisance et avoir envie de s'amuser à vos dépens...

Elle prit doucement entre ses doigts le menton du jeune homme, et expliqua :

— Méfiez-vous, les esprits qui hantent le manoir sont plutôt espiègles, et ils adorent importuner les nouveaux venus. Qui plus est, ils n'ont personne sous la main depuis un bon moment, alors ils risquent d'en rajouter...

— Je vous en prie, dites-leur bien que je suis un invité !

— Vous plaisantez ! Nul ne peut dicter leur conduite aux esprits !

Se penchant un peu plus vers lui, elle ajouta, comme si elle lui confiait un secret :

— Ce sera à vous de les dompter par la ruse...

Puis elle posa ses lèvres sur celles du jeune homme, et ils échangèrent un profond baiser.

Mike passa une main sur le cou de Samantha, et ses doigts se crispèrent là où battait le pouls.

— Il y a quelque chose qui ne va pas ? s'étonna la jeune femme en ouvrant les yeux.

— Je voulais juste m'assurer que vous aviez des contractions cardiaques, comme nous tous, les mortels... Seulement, je trouve les pulsations un peu lentes... Voyons comment faire battre ce cœur un peu plus vite... Je pense que nous allons offrir aux esprits des lieux un spectacle inoubliable.

Il lui fit un petit pinçon dans le cou, puis prit la jeune femme sur ses genoux.

— Vous êtes censé regarder le film pour pouvoir faire vos commentaires ensuite, protesta-t-elle mollement.

— Quand je suis en compagnie d'une jolie femme, regarder un film est bien la dernière chose qui m'intéresse. Vous m'en parlerez plus tard. Beaucoup plus tard...

Il l'embrassa avec fougue, et elle lui rendit son baiser avec la même passion, déboutonnant sa chemise pour glisser ses doigts dans l'échancrure ; puis ses lèvres prirent le relais, et vinrent agacer sa peau nue que le désir rendait hypersensible.

— Madame, nul doute que vous savez vous y prendre pour rendre un homme fou, murmura-t-il d'une voix étranglée.

Le journaliste glissa à son tour ses mains sous le petit pull de Samantha, et allongea la jeune femme sur le canapé tout en la caressant. Puis il s'étendit sur elle, et Samantha ne répondait plus de rien, lorsqu'elle perçut un faible soupir en provenance de l'autre canapé.

— Eloignez-vous de moi ! ordonna-t-elle d'une voix étouffée.

Mike ne perçut pas tout de suite le changement de ton ; Samantha le repoussa en insistant :

— Levez-vous !

Le jeune homme, déséquilibré, alla rouler sur le sol, éberlué :

— Qu'est-ce qui vous prend ?

Elle ne répondit pas, trop occupée à se rajuster. Ensuite sa voix claire, parfaitement maîtrisée, s'éleva :

— Tu as fait un bon petit somme ?

— Je ne m'endors jamais avant de me mettre au lit, protesta le baron en se levant.

Il avisa l'écran blanc :

— Pourquoi ne passes-tu pas un autre film ?

— Il vient juste de finir, mentit sa petite-fille.

Mike consulta sa montre : « Oui, il y a plus d'une demi-heure », se dit-il en souriant dans son coin.

Le vieil acteur le regarda avec ironie :

— Vous n'allez pas me faire croire que vous préférez vous asseoir sur le sol quand vous avez la possibilité de partager un bon canapé avec une jolie femme...

Mike finissait juste de reboutonner sa chemise, il se releva précipitamment.

— Bon, je vous verrai demain matin après le petit déjeuner, reprit le baron en gravissant l'escalier. Bonne nuit.

Samantha regarda partir son grand-père avec une expression perplexe dans les yeux.

— Heureusement qu'il n'a rien remarqué, fit Mike, soulagé, en se jetant sur le canapé.

— Je n'en suis pas si sûre. Le baron remarque toujours tout. Pour des raisons qui m'échappent, il a préféré ne rien dire.

— Il était encore à moitié endormi !

— A moitié, peut-être. Mais peut-être aussi n'a-t-il pas du tout dormi...

La jeune femme débarrassa les verres et la bouteille, et arrêta le projecteur.

— Venez, je vous raccompagne jusqu'à votre chambre, lui proposa le journaliste.

La jeune femme prit l'escalier, mais au lieu de tourner à gauche comme elle aurait dû le faire en arrivant au sommet, elle tourna à droite. Un autre panneau coulissa, révélant un autre escalier.

Alors qu'elle posait le pied sur la première marche, Mike la retint par le coude :

— D'abord, laissez-moi vous dire qu'il n'y a personne d'autre au monde avec qui je préférerais être coincé dans un lugubre donjon, affirma-t-il avec force.

— Attention à ce que vous dites, fit-elle en souriant, vos souhaits pourraient être entendus, du moins en partie... Je n'aimerais pas découvrir votre squelette au fin fond de ce donjon dans vingt ans, Mike...

— Dans ce cas, le mieux est que je reste collé contre vous, rétorqua le jeune homme en joignant le geste à la parole.

Il venait à peine de déposer un baiser léger sur le nez de Samantha qu'un cri strident retentit, comme venu des murs eux-mêmes.

— Qu'est-ce que c'était ? sursauta le journaliste.

La jeune femme lui prit la main, leurs doigts s'enlacèrent :

— Je vous avais mis en garde : il ne faut pas vous moquer des esprits de la maison, Mike. Ils ont la repartie facile, et leurs méthodes ne sont pas toujours aimables.

— Pourvu qu'ils ne viennent pas perturber mon sommeil, c'est tout ce que je demande !

Leurs mains se lâchèrent, et ils remontèrent à l'étage l'un derrière l'autre.

Arrivée sur le palier, Samantha jeta un regard brûlant par-dessus son épaule :

— Je tâcherai de m'en souvenir...

4

SAMANTHA pénétra dans la salle à manger, alla directement se servir une tasse de café, puis prit place à table, en face du journaliste.

— Alors, vous sortez de cette première semaine parmi nous indemne, Mike ! fit-elle en souriant.

Le jeune homme était en pleine forme, après son troisième café du matin. Décidément, il faudrait qu'il pense à demander à Reynolds son secret pour fabriquer un breuvage aussi délicieux.

— Ce fut un jeu d'enfant à partir du moment où j'ai suivi les deux règles d'or : ne jamais toucher le moindre objet, aussi inoffensif qu'il paraisse, et ne pas me préoccuper de tout ce qui semble étrange ou pour le moins inhabituel. A tel point que même les cris régulièrement poussés à 3 heures du matin ne me réveillent plus !

— Cesse de le taquiner, Sam, intervint Pamela, qui venait de faire son entrée. Je ne pense pas que Mike soit encore tout à fait habitué à nos us et coutumes, et à cette demeure loufoque.

Elle hésita devant le chariot supportant toutes sortes d'ingrédients pour un petit déjeuner complet, opta pour un simple yaourt et une tasse de café, puis alla tout naturellement s'asseoir juste à côté du journaliste.

— Je m'y fais un peu plus chaque jour, rassurez-vous.

Pamela lui adressa un superbe sourire, puis annonça à sa sœur :

— Je repars pour Los Angeles aujourd'hui. Michel Whalen a rendez-vous avec la presse demain pour la sortie du *Prophète de malheur* mercredi, et je tiens à être là pour coordonner tout ça.

Samantha se rappela le séduisant acteur, imaginant sans peine les véritables raisons pour lesquelles sa cadette voulait s'occuper personnellement de la promotion du film avec lui...

— Randy m'accompagnera pour aller récupérer sa voiture, et il ne reviendra probablement pas avant le week-end. Quant à Jeremy, il est parti depuis une heure.

— Oui, je l'ai vu partir.

— Tu as des instructions à faire passer au bureau ?

— Ce ne sera pas nécessaire. J'ai Diana au bout du fil tous les jours, et elle a l'air de très bien s'en sortir. Avec elle, je peux être tranquille.

Ayant terminé son frugal petit déjeuner, Pam s'apprêta à partir :

— J'espère avoir le plaisir de vous revoir, glissa-t-elle à Mike d'une voix caressante.

Sachant de quoi Pamela était capable, le jeune homme lui fit une réponse prudente :

— De toute façon, je suis encore ici pour un bon bout de temps...

— Alors au revoir !

Pamela sortie, Mike regarda Samantha :

— Ceux-là retournent à leurs cercueils jusqu'à la prochaine fois, c'est ça ? Ou alors un corbillard les attend pour les conduire au cimetière le plus proche...

— Oh-oh... Je vois que la fréquentation du baron commence à produire ses effets... En tout cas, vous avez une sacrée imagination, pour un journaliste !

— Dites donc, on peut bien être journaliste et avoir de l'imagination, ce n'est pas incompatible ! Il faut dire qu'avec tous ces passages secrets et autres fausses pièces en trompe-l'œil...

— Vous, vous avez besoin de changer d'air...

Elle pressa un bouton dissimulé et le majordome apparut :

— Reynolds, voudriez-vous avoir l'amabilité de dire à mon grand-père que j'emmène M. Fletcher visiter les environs... Il a été enfermé ici toute la semaine, je crois que ça lui ferait du bien de bouger un peu.

— Serez-vous de retour pour le déjeuner ?

— Je l'ignore, alors ne nous attendez pas.

Puis, s'adressant au journaliste :

— Rendez-vous dehors devant la porte dans dix minutes ?

— Avec plaisir !

En plein jour, au soleil, l'imposante façade de pierre du manoir était tout aussi intimidante qu'au beau milieu d'une nuit d'orage.

Les mains dans les poches, le journaliste faisait les cent pas en se remémorant son arrivée chez les Lyons, une semaine plus tôt. Il n'avait pas remarqué alors les deux dragons qui surmontaient la porte d'entrée, et s'en réjouit à mi-voix : « Heureusement que je ne vous ai pas vus cette nuit-là, vous deux. J'aurais sûrement rebroussé chemin, quitte à devoir pousser ma voiture dans la boue de cette allée de cauchemar... »

Mais Samantha arrivait, au volant d'une Corvette d'un noir étincelant :

— Montez ! dit-elle.

— Quoi, pas de fourgon mortuaire ? fit-il en prenant place à côté de la conductrice.

Il repéra aussitôt le symbole serti au centre du volant : un serpent d'argent remplaçait la marque du fabricant.

— Qu'est-ce que c'est que ce truc hideux ! s'exclama-t-il.

La jeune femme baissa les yeux sur le reptile, qu'elle caressa affectueusement :

— C'est un basilic, le plus dangereux des serpents. Les anciens lui attribuaient le pouvoir de tuer hommes et animaux par son seul regard...

Mike eut une moue d'écœurement :

— Hideux et mortel, belle combinaison ! Je ne serais pas étonné d'en trouver un dans le donjon...

— En réalité, ils vivent dans le désert, alors notre donjon sombre et humide ne leur conviendrait pas. D'après la légende, la seule créature capable de résister au regard mortel du basilic est la belette, et quand ils se battent, le serpent a toujours le dessous. La seule autre façon de tuer un basilic est de lui tendre un miroir : sa propre vision le fait instantanément périr...

— J'imagine le genre de contes qui ont dû bercer votre enfance. Que ne vous a-t-on raconté l'histoire de la Belle au bois dormant ou celle de Blanche-Neige !

— Parce que vous trouvez ces contes-là moins

effrayants, vous ? Ils sont remplis d'horribles sorcières et autres charmants personnages style Barbe-Bleue ! Notre père tenait à ce que nous ayons une éducation complète, et il a fait en sorte que nous soient contés les classiques grecs, mais aussi des légendes des diverses parties du monde...

Mike se souvint tout à coup des renseignements et coupures de presse qui lui avaient été expédiés sur les enfants Lyons à sa demande. Randy s'était fait renvoyer de la plupart des établissements scolaires privés, et avait dû achever ses études dans le public. Il se passionnait pour des cours de filmographie qui lui prenaient tout son temps et toute son énergie, d'où ses médiocres résultats scolaires. La rumeur prétendait que Jeremy ne pouvait s'empêcher de jouer en Bourse alors même qu'il y perdait bien plus qu'il n'y gagnait. Pamela jetait ses maris les uns après les autres comme on le ferait de vulgaires mouchoirs en papier. Seule Samantha se montrait discrète, fuyant la presse comme la peste, à moins d'être contrainte à des interviews en tant que représentante des « Productions du Baron ». Quoi qu'il en soit, elle éludait systématiquement les questions d'ordre privé.

— Pourquoi détestez-vous à ce point que l'on vous pose des questions trop personnelles ? lui demanda-t-il à brûle-pourpoint.

— Les journalistes oublient trop souvent que c'est la firme qui est importante, et non ce que je prends au petit déjeuner ou qui est mon amant du moment...

Mike se déplaça légèrement de façon à avoir le dos contre la portière : ainsi, il pouvait observer à loisir son charmant chauffeur. Samantha portait un étroit jean noir et une chemise de soie, noire elle aussi, entrouverte juste ce qu'il fallait pour laisser entrevoir la naissance des seins. Elle arborait de nouveau ses boucles d'oreilles en forme de toile d'araignée, beaucoup plus visibles au premier coup d'œil du fait qu'elle s'était attaché les cheveux en queue de cheval.

— Dites-moi, Sam, cette tendance à ne porter que du noir, ou presque, ces bijoux pour le moins spéciaux, tous ces discours sur des créatures effrayantes ou repoussantes, ça fait partie d'une stratégie, d'une image destinée au public ? D'une part vous éloignez ainsi les prétendants, d'autre part vous intriguez la presse, qui finit par se demander si derrière Samantha Lyons ne se cacherait pas une sorte de Vampirella...

— Je ne crois pas à la nécessité d'avoir une « image destinée au public », comme vous dites...

— A quoi croyez-vous, Samantha ?

— Aux hommes qui comprennent que non, c'est non. A la magie qui émane de la pleine lune. Et à beaucoup d'autres choses encore.

Après un bref coup d'œil en direction de Mike, elle ajouta :

— Et je crois aussi que les journalistes trop curieux et qui s'approchent de trop près risquent de se faire mordre le bout du nez...

Le jeune homme se pencha aussitôt en avant et lui offrit son nez :

— Si c'est vous qui mordez, alors je suis plus que volontaire !

Samantha gara brusquement la voiture, et ôta sa ceinture de sécurité avant de se tourner vers le journaliste :

— Ne sous-estimez jamais votre adversaire, Mike Fletcher, ou gare aux conséquences, dit-elle en effleurant des lèvres le cou si obligeamment tendu.

Soudain, il sentit une petite morsure le piquer, si vivement qu'il en frissonna, ne sachant ce qui du plaisir ou de la douleur l'emportait.

— Hé ! je croyais que ça n'arrivait que la nuit, ce genre de chose !

— Bien sûr, mais c'est aussi agréable maintenant, non ?

— Ce n'est rien de le dire ! fit-il, mi-figue, mi-raisin. Est-ce que ça signifie que j'aurai dorénavant la faculté de traverser les murs ou de me changer en chauve-souris ?

Après avoir une dernière fois effleuré de la pointe de sa langue la blessure qu'elle venait d'infliger au journaliste, Samantha passa délicatement le pouce sur la morsure avant de murmurer :

— Vous serez invincible...

Mike faillit céder à la tentation de lui rendre la pareille, mais il se raisonna : mieux valait attendre de se trouver dans un endroit plus approprié, au cas où ce ne serait qu'un prélude à autre chose...

Après un dernier petit regard malicieux, la jeune femme se cala de nouveau sur son siège, réajusta sa ceinture de sécurité et mit le moteur en marche.

— Nous approchons de la ville. Elle n'est pas grande, mais on y trouve tout ce que l'on veut, expliqua-t-elle en reprenant la route.

— Mais c'est tout près du manoir ! Alors comment se fait-il qu'il règne encore un tel mystère autour du baron ? Ne me dites pas que la ville entière garde le secret ?

— Mais si, justement. On raconte qu'un journaliste en mal d'article à sensation est parvenu jusqu'ici voilà quelques mois. Convaincu d'avoir trouvé le petit innocent idéal en la personne d'un jeune garçon de huit ans, il l'a interrogé sur le fameux « manoir de la peur ». Le petit, très sûr de lui, a affirmé tout savoir de cette maison, et lui a très précisément indiqué le chemin permettant d'y accéder. Très content de la facilité avec laquelle il avait obtenu ce renseignement, le journaliste s'est aussitôt mis en route, suivant scrupuleusement les indications de l'enfant, qui le menèrent... directement dans une sorte de trou boueux, où il s'embourba lamentablement. Il a découvert par la suite que le dépanneur n'était autre que le père du petit garçon, et que, comble de malchance, n'est-ce pas, il n'acceptait pas les cartes de crédit. Obligé de rentrer sans l'article espéré, le journaliste a quand même écrit que le baron avait ensorcelé une ville entière, et transformé tous ses habitants en zombies à sa solde !

— J'ai eu ce papier sous les yeux, se rappela Mike. Il y décrivait aussi avec force détails une lugubre maison dont la façade avait été peinte en noir.

— Oui, il s'agissait en fait de l'épicerie de deux anciens marginaux qui vendent maintenant des produits de culture biologique. Ils ont effectivement peint la façade en noir pour éloigner les ondes négatives, ont-ils dit. Nous avons comme ça dans le coin quelques célébrités qui ont choisi de se retirer par ici parce qu'elles savent que leur vie privée y sera respectée.

— Et vous, Sam, pourquoi venez-vous au manoir ?

— C'est la maison de ma famille ! lui rappelat-elle. Et puis ce n'est pas parce que le baron a pris sa retraite qu'il faut le tenir à l'écart de sa propre société, alors je le tiens au courant, et il m'arrive même de le consulter sur certains points. Il n'est pas gâteux, vous savez...

— Bien sûr, mais la plupart des gens ne se déplaceraient pas en personne dans un tel cas...

— Je ne suis pas la plupart des gens !

— C'est bien ce que je vois.

Mike s'intéressa au paysage qui les entourait :

— C'est plutôt désert par ici, non ?

— C'est une zone protégée.

Ralentissant, elle lui désigna quelque chose au loin et demanda :

— Que voyez-vous là-bas ?

— Je ne distingue pas bien, mais on dirait une grand-roue, comme dans les fêtes foraines.

— C'est aussi mon avis. On y va ?

— Pourquoi pas ? Avec un peu de chance, ils auront installé un train fantôme ou une maison hantée spécialement pour vous...

Ils ne tardèrent pas à découvrir des panneaux annonçant une foire locale et suivirent les indications jusqu'à un parking improvisé dans un grand champ.

La voiture garée, ils se mirent en quête de la foire. Mike prit d'un geste naturel la main de Samantha, et leurs doigts se croisèrent.

— Avant tout, trouvons le marchand de barbe à papa ! s'écria la jeune femme, les yeux brillants de plaisir.

Ils en découvrirent rapidement un, et Mike fit remarquer en payant le vendeur :

— On dirait que vous adorez ce genre de sucreries, je me trompe ?

— Non, vous ne vous trompez pas. J'adore ! Ça fait partie du plaisir de la fête foraine, vous ne trouvez pas ?

Sur ces mots, Samantha déchira un petit morceau du nuage sucré et le lui glissa dans la bouche en riant. Au lieu de se contenter de le prendre, le jeune homme s'attarda à lécher les doigts de sa compagne.

— Vous vous aventurez en terrain dangereux, murmura-t-elle sans pouvoir dissimuler son trouble.

— Oui, et je dois dire que ça me plaît et m'effraie à la fois. Avec vous, tout peut arriver...

— Ce qui va arriver dans l'immédiat, c'est que je vais finir cette barbe à papa, et, bien sûr, mourir de soif si vous ne faites rien pour trouver des boissons fraîches !

— Allons-y !

Ils achetèrent de grands verres de coca-cola, qu'ils commençaient à peine à boire lorsque le regard de Samantha s'alluma :

— Regardez, là, des montagnes russes ! On y va !

Elle avala sa boisson d'un trait et entraîna vers l'attraction convoitée un Mike amusé par une telle surexcitation.

— Attendez, Sam ! Vous venez d'ingurgiter à toute allure une énorme barbe à papa arrosée d'un double coca, ne me dites pas que vous songez sérieusement à aller secouer ce beau mélange là-dessus, protesta-t-il. Vous allez être malade !

— Pour qui me prenez-vous ? Malade, moi ? Et vous allez voir, ça n'est que le début. Accrochez-vous !

Leurs tickets achetés, ils s'installèrent à bord d'une des machines. Mike eut juste le temps de s'assurer du bon fonctionnement de la barre de protection avant que l'engin ne démarre à toute allure, les collant au siège. Surexcitée, la jeune femme poussa des cris de joie entrecoupés de rires étranglés tout le temps que dura le tour.

A peine descendue, la jeune femme se précipita vers le « grand huit » :

— Celui-là, maintenant, celui-là !

— Si je m'attendais à tout ça quand vous m'avez proposé d'aller prendre l'air...

Mais il ne pouvait dissimuler sa joie.

— Cependant, hésita-t-il, ce truc-là m'a l'air idéal pour les sensations fortes... mais aussi pour vous retourner l'estomac !

— Auriez-vous l'estomac fragile ?

— Personne ne pourrait prétendre avoir l'estomac fragile après une semaine chez votre grand-père...

Ils prirent place et s'envolèrent de nouveau sous les hurlements de Samantha :

— Vous n'avez rien de tel à Los Angeles, hein !

Lorsqu'ils retrouvèrent la terre ferme, Mike entoura furtivement d'un bras les épaules de la jeune femme en lui disant :

— Vous m'étonnerez toujours. Pour être honnête, je ne vous aurais pas imaginée en amateur de fêtes foraines !

— Je ne passe pas tout mon temps dans les festivals de films d'horreur, se défendit-elle, glissant à son tour un bras autour de la taille du jeune homme.

— A vrai dire, je pensais plutôt à de longs séjours

sur la plage de Malibu, et à des dîners chics à Beverly Hills...

— En ce qui vous concerne, ce serait plutôt bars louches et compagnie...

— La plupart des endroits où j'ai été envoyé n'avaient pas de bar car l'alcool y était interdit.

— Alors vous courtisiez des belles aux yeux sombres...

— Non, car je tenais à ma tête... et à d'autres parties tout aussi importantes de mon anatomie ! On ne plaisante pas avec ceux qui osent s'intéresser de trop près aux femmes, dans certains pays... On se marie, on ne flirte pas...

— Et vous vous plaignez de la maison du baron ?!

— C'est-à-dire qu'après avoir passé dix ans à entendre siffler les balles autour de moi en tant que reporter de guerre, l'idée d'aller interviewer un vieil acteur qui a eu son heure de gloire mais a quitté toute vie publique depuis des années, cette idée-là m'apparaissait comme un moyen intéressant de retrouver un peu de calme et de sérénité... Réflexion faite, c'est peut-être ma mission la plus dangereuse...

— Est-ce à dire que vous me trouvez dangereuse ? Pourtant, je me suis faite aussi discrète que possible, n'intervenant jamais au cours de vos entrevues avec le baron... Vraiment, il me semble avoir été la plus agréable des hôtesses... Quelle injustice !

— Si vous êtes dangereuse, Sam, c'est uniquement pour la paix de mon esprit... et de mon cœur. Chaque nuit, j'ai du mal à m'endormir parce que je pense à vous. Lors de mes entrevues avec le baron, j'ai parfois des difficultés à rester concentré sur ce qu'il me raconte pour la simple raison qu'il y a des photos de vous un peu partout dans la pièce. Vous savez bien que je ne tenterai rien devant le baron, et vous en profitez.

— La présence du baron ne vous empêche pas de me faire du pied à table, cher Mike, ni de me raccompagner chaque soir jusqu'à ma chambre en me couvrant inconsidérément de baisers, dans l'espoir évident que je vous proposerai de me suivre à l'intérieur...

— Ce que vous n'avez encore jamais fait ! Tous les soirs je me retrouve comme un idiot devant cette infranchissable porte fermée. Une porte qui ne semble obéir qu'au son de votre voix : pas de verrou, même pas de poignée !

Les lèvres de Mike vinrent frôler l'oreille de la jeune femme :

— Me donnerez-vous le mot magique, belle sorcière ? Quel mot de passe me permettra enfin d'entrer ?

— A vous de le découvrir... Pour l'instant, on s'amuse bien ici, non ? Après la fête foraine, vous pourrez toujours vous amuser à essayer de trouver le mot en question...

— Vous pouvez y compter, Sam. Et je vous préviens, je gagnerai à ce jeu-là. Je gagne toujours.

— Ah oui ? Nous verrons bien...

Quelques heures, et beaucoup de loopings, plus tard, Mike ne put se retenir de poser la question qui le tenaillait depuis leur arrivée à la fête foraine :

— Sam, je n'ai jamais vu quelqu'un rester aussi mince que vous en ingurgitant autant de nourriture, et surtout de sucreries ! Parce que, en plus, vous paraissez coutumière du fait ! Comment faites-vous ?

— Vous exagérez, je ne mange pas tant que ça...

— Non, suis-je bête ! Depuis notre arrivée ici, seulement une barbe à papa, un double coca, deux hot-dogs, une pomme d'amour, un autre double coca, un sachet de pop-corn au caramel, je ne sais combien de bonbons, et, à l'instant, un grand cornet de frites à la sauce chili... Et je ne suis même pas sûr de n'avoir rien oublié !

— Ça, c'est seulement parce que les loisirs m'ouvrent toujours l'appétit, fit-elle en mordant à belles dents dans un gâteau à la cannelle. Vous ne pouvez pas le savoir, mais quand je travaille, mes habitudes alimentaires sont totalement différentes : je tombe dans l'excès inverse, il m'arrive régulièrement de sauter des repas. Alors quand j'ai du temps, je me rattrape ! Mais je peux partager, vous savez...

Joignant le geste à la parole, elle lui tendit la dernière bouchée de son gâteau, qu'il lui arracha en riant :

— Ah ! quand même ! Parce que pour ce qui est du pop-corn, je n'ai fait que le voir passer !

La jeune femme haussa les épaules :

— Si on se refaisait plutôt un petit tour de montagnes russes ? Histoire de digérer tout ça, ajouta-t-elle avec un clin d'œil moqueur.

— Vous m'écœurez ! Personnellement, j'ai eu ma dose : six fois, ça suffit, je n'y retournerai pas une septième ! Mais il reste là-bas une attraction que nous n'avons pas encore essayée...

Samantha suivit son regard et ses yeux brillèrent d'envie :

— La tour de l'horreur ? Chouette !

— On n'y trouvera sûrement pas le quart des charmants objets que recèle le manoir de votre grand-père, mais ça ne coûte rien d'essayer.

Le vendeur de billets, narquois, le mit en garde :

— Attention, monsieur, ne lâchez pas la main de votre dame si vous ne voulez pas la perdre là-dedans !

Ils gravirent les marches de bois menant à l'entrée, gardée par deux adolescents qui ouvrirent pour eux les portes de la tour, grinçantes à souhait.

— Je parierais qu'on rencontre des parents de ce cher Reynolds par ici, déclara Mike tandis que Samantha se glissait la première à l'intérieur.

— Vous me laissez passer la première pour voir si j'ai peur ?

— Ma chérie, je doute que quoi que ce soit ici parvienne à vous faire peur...

Main dans la main, ils empruntèrent un long couloir auquel un éclairage orangé et rouge conférait une atmosphère inquiétante, renforcée par les toiles d'araignée argentées qui venaient régulièrement leur frôler le visage.

— Jusque-là, ça me rappelle l'ambiance qui règne dans votre manoir, commenta le journaliste.

Samantha éclata de rire en entendant l'écho du ricanement aigu d'une sorcière se répercuter à l'infini autour d'eux :

— Vous avez raison, on me passait souvent ça en illustration sonore d'un conte, quand j'étais petite !

Ils suivaient toujours le couloir, riant et plaisantant tandis que retentissaient les cris de frayeur des autres visiteurs.

Soudain un monstre au teint vert se dressa devant eux en hurlant :

— Sam ! Qu'est-ce que je vous disais ? Ne jurerait-on pas le frère de Reynolds ?

— Il n'est pas si mal réussi. En tout cas, il a vraiment l'air adorable.

— C'est à peu près ce qu'on devait dire de l'assassin qui massacrait ses victimes à la hache...

Ils continuaient à se frayer un chemin au milieu des toiles d'araignée, riant et sautant pour éviter les squelettes et autres vampires qui surgissaient à tout moment sur leur route.

Mike passa de nouveau un bras autour des épaules de Samantha, qui glissa une main dans la poche arrière du jean du jeune homme.

— On aurait dû venir ici plus tôt : vous pouvez hurler et m'agripper autant que ça vous chante, dans un lieu pareil, ce n'est pas moi qui m'en plaindrai... insinua-t-il d'une voix sensuelle.

— Bravo, Fletcher ! Avez-vous seulement pensé que nous pourrions nous faire arrêter si on se livrait ici à ce à quoi vous pensez ?

— Comment savez-vous à quoi je pense ? demanda-t-il en resserrant son étreinte.

— Je lis en vous comme en un livre ouvert, mon cher ! Et vous faites tout pour ça, non ?

N'y tenant plus, il la prit dans ses bras et l'embrassa sans plus attendre. La jeune femme se serra si fort contre lui qu'elle lui arracha un gémissement de désir.

— Sam, vous me rendez fou... grogna-t-il.

« Dites donc, les enfants, vous vous êtes trompés d'endroit, ce n'est pas le tunnel de l'amour ici... » La voix cassante leur fit l'effet d'une douche froide. Ils se séparèrent brutalement et écarquillèrent les yeux en découvrant l'homme qui leur faisait face : immense et large d'épaules, chauve mais pourvu d'une impressionnante barbe rousse, il arborait un tee-shirt noir qui laissait voir le nom de « Wilma » tatoué sur l'un de ses puissants biceps.

— Hé ! il a joué dans l'un des films des « Productions du Baron » ! murmura Samantha.

— Vous êtes pourtant assez grands pour savoir ce que vous faites, reprit le colosse en les regardant de plus près. On a déjà assez à faire ici avec les adolescents à la libido exacerbée sans que vous leur montriez le mauvais exemple. Alors tâchez de vous calmer un peu jusqu'à ce que vous soyez rentrés chez vous, d'accord ?

Mike prit Sam par la main et, tête basse mais réprimant difficilement leur envie de rire, ils s'empressèrent de quitter cette « tour de l'horreur » sans grand intérêt, finalement.

De retour au manoir, Mike éprouva le besoin d'aller prendre une bonne douche. Le miroir de la salle de bains lui renvoya la trace de la morsure de Samantha, et il se remémora en frissonnant les sensations qu'elle lui avait procurées. Mais, ne voulant pas s'attarder, il s'habilla rapidement et redescendit au salon.

— Comment, elle est partie ?

Samantha s'adressait au majordome, qui eut un geste d'impuissance :

— Je l'ai cherchée partout, mademoiselle Samantha. Elle était chez le baron en début d'après-midi, et elle a dû trouver le moyen de quitter la tourelle en douce...

— Il faut la retrouver le plus vite possible, Reynolds.

Le majordome s'inclina et quitta les lieux sans ajouter un mot.

— Qui faut-il retrouver le plus vite possible ? demanda le journaliste.

La jeune femme parut hésiter avant de répondre de façon évasive :

— Un membre de la famille qui passe parfois par ici...

— Je vois. Vivant ou mort ? insista-t-il toutefois en se servant un bourbon.

— Ça dépend.

— Allez, Sam, on arrête : le petit jeu qui consiste à m'effrayer, les hurlements dans la nuit et tout le reste, tout ça n'a que trop duré... D'accord ?

— Au cours de vos recherches sur mon grand-père, vous n'avez jamais entendu parler de... Cerise ? fit-elle d'une voix étrangement douce.

Mike fronça les sourcils en reconnaissant le nom d'une des actrices les plus célèbres des années trente, d'une beauté et d'une sensualité qui n'avaient pas beaucoup d'égales.

— La magnifique actrice partenaire du baron dans le film *Rencontre dans l'au-delà ?* Ils ont formé un couple de cinéma légendaire... Je me souviens avoir lu quelque part qu'à l'époque le comité de censure avait très violemment réagi contre certaines de leurs scènes d'amour, jugées obscènes. Le réalisateur se refusant à les couper, son film a été interdit aux Etats-Unis, si bien qu'il s'est ruiné pour pouvoir aller le proposer en Europe, où il a immédiatement fait un tabac. Les Américains ne l'ont découvert qu'il y a une dizaine d'années, la censure n'étant plus ce qu'elle était... Je l'ai vu moi-même il n'y a pas si longtemps, et je dois avouer que je comprends que dans les années trente, il ait tant choqué : même aujourd'hui, où on ne s'offusque plus de grand-chose à l'écran, j'ai effectivement trouvé certaines scènes disons... très chaudes, aussi belles soient-elles.

— Je vois que vous êtes bien renseigné. Vous savez sûrement aussi qu'il était de notoriété publique que la belle Cerise mêlait volontiers le travail et le plaisir, et que la plupart de ses partenaires à l'écran ont été ses amants à la ville.

Le journaliste laissa échapper un long sifflement :

— Mais alors... votre grand-père et Cerise ont eu une aventure ?

— Absolument pas ! tonna la voix du baron derrière eux.

Manifestement en colère, il vint se placer devant sa petite-fille et lui lança vertement :

— Et je n'apprécie guère que ces racontars se propagent sous mon propre toit !

Nullement impressionnée, elle leva un sourcil interrogateur :

— Racontars ? Relis le chapitre VII de l'autobiographie de Cerise...

Contre toute attente, le baron rougit violemment :

— Elle a toujours eu beaucoup d'imagination... Et puis tu ne devrais pas lire de telles stupidités !

— Et ce n'est pas tout, poursuivit la jeune femme,

imperturbable, en se tournant vers Mike. Figurez-vous que Cerise a également écrit que le baron était décidément doué de pouvoirs surnaturels.

— Elle avait la réputation d'avoir un sacré tempérament aussi, déclara doucement le journaliste avec une crainte mêlée de respect.

— Mais on disait exactement la même chose à propos du baron ! claironna Samantha.

Le vieil acteur s'adressa délibérément au journaliste :

— Je vous propose que nous reparlions de Cerise lorsque nous nous retrouverons en tête à tête, ainsi Samantha ne pourra pas nous imposer ses opinions.

Puis ses yeux s'attardèrent sur la morsure qui apparaissait nettement au-dessus du col de chemise du journaliste, et il eut un regard moqueur pour sa petite-fille. Embarrassée à son tour, celle-ci se crut obligée d'expliquer :

— Tu peux appeler ça un accès de folie lié à la pleine lune, si tu veux...

Le baron eut un hochement de tête, puis il annonça :

— Je crois que je vais rester dans mes appartements ce soir. Est-ce qu'on a retrouvé Lucretia ?

— Mais je croyais qu'elle ne venait plus te voir là-haut ?

— Elle était toute seule en bas, et en plus elle me manquait...

Le baron les quitta sur ces mots, l'air soudain très las.

— Mais qui est Lucretia ? s'étonna Mike.

— Un membre de la famille peu connu, lui répondit Samantha, et d'une grande réserve...

— Vous aviez promis de ne pas recommencer avec vos mystères, se plaignit Mike.

— Je n'ai rien promis du tout, c'est vous qui m'en avez fait la demande, ce qui est différent, non ? Et puis je ne suis pas en train de faire des mystères : Lucretia est vraiment d'un tempérament discret et plutôt solitaire.

— Ça vous amuse, n'est-ce pas ? Vous tenez vraiment à ce que je me demande si oui ou non vous avez quelque chose à voir avec le monde des vampires... Mais on n'a jamais vu un vampire dévorer autant de sucreries, ni se balader sans crainte en plein jour !

— Sottises ! Les vampires ne craignent que deux choses : les objets en argent, et qu'on leur plante un pieu de bois en plein cœur.

Mike posa une main sur le cœur de Samantha, emprisonnant délibérément son sein gauche :

— Ce serait un crime d'abîmer un si bel objet avec un instrument aussi barbare...

— Peut-être, mais c'est la seule façon de sauver votre âme... A moins que vous ne soyez à votre tour tenté par l'immortalité ?

— Ça dépendrait de la personne qui passerait tous ces siècles à mes côtés... Voyez-vous, je suis quelqu'un de plutôt difficile, au fond : si je dois hanter ces lieux toute ma vie, je veux être sûr que ce ne soit pas en compagnie d'un chien...

— Même pas un gentil petit loup-garou ? demanda-t-elle en se passant la langue sur les lèvres, volontairement provocante.

Il n'y résista pas, et l'embrassa sans plus tarder. Cette conversation évoquait en lui quelque chose de vaguement familier, il ne pouvait se défaire d'une impression de « déjà vécu ». Et soudain la lumière se fit dans son esprit :

— *L'Ile aux démons !* s'exclama-t-il. Ça alors, vous venez de me servir des répliques directement tirées de ce film ! Un médecin chargé de soigner des prisonniers découvre que son prédécesseur s'est livré sur eux à des expériences qui les ont transformés en monstres. La fille du directeur de la prison elle-même est atteinte, et c'est une discussion qui a lieu entre elle et le nouveau docteur que vous étiez en train de paraphraser...

Blessé et furieux de constater que la jeune femme se jouait de lui, Mike la repoussa sans ménagement et recula d'un pas :

— Je ne suis pas un jouet, Samantha. Et je ne supporterai pas qu'une femme qui m'attire autant que vous se moque de mes sentiments.

Il eut un rire amer qui la glaça :

— Ça n'a jamais été qu'un jeu pour vous, n'est-ce pas ? Eh bien, en ce qui me concerne, la partie est terminée. J'ai mieux à faire.

Et il quitta la pièce sans plus lui accorder le moindre regard.

Stupéfaite, Samantha ne fit pas un geste pour le retenir.

— On dirait que tu es allée un peu trop loin, ma chérie... J'ai toujours dit que tu n'étais pas une bonne actrice...

La voix déformée du baron paraissait provenir de la cheminée. La jeune femme s'estima heureuse qu'il ne puisse pas la voir cligner désespérément des yeux pour retenir ses larmes.

— Mais je ne compte pas en rester là, rétorqua-t-elle fièrement.

Puis, n'y tenant plus, elle sortit précipitamment du salon. Son grand-père eut un formidable éclat de rire qui la poursuivit longtemps et renforça sa détermination : il était hors de question qu'elle perde à ce jeu-là.

5

— BON sang, assez ! Tous ces effets sont inutiles, maintenant ! Vous ne voyez pas que je suis occupé ? Cessez de me déranger !

Les roulements de tonnerre et autres éclairs qui venaient régulièrement zébrer les murs de sa chambre l'exaspéraient au plus haut point, convaincu qu'il était d'avoir une fois de plus affaire à un trucage digne des meilleurs films du baron.

Depuis qu'il avait quitté Samantha, Mike avait vainement essayé de travailler à l'histoire du baron Lyons. Mais le journaliste était incapable de se concentrer : il revoyait sans cesse ce qui s'était passé dans le salon, et surtout ne parvenait pas à effacer de sa mémoire le visage stupéfait et attristé de la jeune femme lorsqu'il l'avait si brutalement repoussée.

« Elle le méritait bien, après tout », murmura-t-il pour lui-même. Il se servit un verre de bourbon, alla s'asseoir sur une chaise à proximité de la fenêtre et se perdit dans la contemplation de la pluie qui ruisselait sur les vitres.

Tandis qu'il portait le verre à ses lèvres, on frappa à sa porte :

— Non, merci, bougonna-t-il, je ne suis pas

d'humeur à avoir de la compagnie ce soir...

Pourtant, il vit distinctement la poignée de la porte tourner, et la porte s'entrouvrir. Ebahi, il attendit de découvrir le visage de son inopportun visiteur. Il entendit bien de furtifs bruits de pas étouffés par la moquette, mais personne n'apparut dans l'entrebâillement. Et cependant les bruits de pas se faisaient plus proches, *comme si quelqu'un était vraiment entré dans la chambre*. Mike écarquilla les yeux, et il observa qu'au bord du lit une petite dépression se formait, *comme si quelqu'un venait de s'y asseoir*, alors qu'*au même moment cessaient les bruits de pas*. Etait-ce l'effet du bourbon, dont il avait peut-être un peu abusé ? Soudain, le creux au bord du lit disparut, *comme si on venait de se lever*, les bruits de pas se firent de nouveau entendre, *puis la porte s'entrouvrit, et se referma*... Bouche bée, Mike remarqua cette fois des traces de pas sur la moquette. Comme mû par un ressort, il se leva précipitamment, ouvrit la porte et suivit les traces du regard. Elles étaient encore plus nettes dans le couloir, rouges (rouges sang ?), et menaient à une porte-fenêtre qui donnait sur un balcon. Le journaliste eut le temps de voir cette *porte-fenêtre s'ouvrir et se refermer toute seule*. La piste des traces de pas s'arrêtait là...

— Bon, je vois ! s'exclama-t-il à voix haute.

Il claqua violemment la porte de sa chambre derrière lui et se dirigea d'un pas résolu vers celle de Samantha. Il levait le poing pour signaler sa présence lorsqu'il vit la porte s'ouvrir comme par magie.

Mike faillit s'étrangler en découvrant la jeune femme en petite chemise de nuit de soie noire, plus indécente que si elle avait été entièrement nue.

— N'est-il pas un peu tard pour une visite de courtoisie ? l'accueillit-elle d'une voix glaciale.

— Ceci n'a rien d'une visite de courtoisie, répondit-il machinalement. Bon sang, vous êtes incroyable ! se réveilla-t-il soudain.

Il y avait de l'admiration dans sa voix. Puis il se rappela le but de sa présence chez elle à cette heure :

— Samantha, qu'est-ce que c'est que cette nouvelle invention diabolique ? Il y a maintenant un homme, ou une femme, ou je ne sais quoi d'invisible qui entre tranquillement chez moi, s'assied sur mon lit, puis quitte la pièce en laissant des empreintes de pas couleur sang partout, c'en est trop !

— Des empreintes de pas couleur sang ?

Elle courut à la porte, se pencha dans le couloir, puis constata calmement :

— Je ne vois rien de tel.

Mike se précipita derrière elle, jeta un coup d'œil dans le couloir : la moquette était impeccable, pas la plus petite trace de sang... Il se passa la main dans les cheveux et poussa un juron.

— Je ne sais pas comment vous vous y prenez, vociféra-t-il, mais je le découvrirai.

La jeune femme referma soigneusement la porte, contre laquelle elle prit appui. Elle semblait tellement à l'aise qu'elle donnait l'impression que recevoir de la visite à 2 heures du matin lui était habituel.

— Dites-moi, Mike Fletcher, pourquoi venez-vous me raconter tout ça ?

Fasciné par les reflets de la lumière sur sa petite chemise de soie, il n'entendit même pas la question.

Ce fut d'une voix sourde qu'il demanda tout à coup :

— C'est ce que vous portez pour dormir ?

— Oui, pourquoi ? Il y a quelque chose qui cloche ?

Mike avait du mal à respirer, il éprouvait la désagréable impression de manquer d'oxygène :

— Non, non... rien... rien du tout...

De son côté, Samantha appréciait la vision de ce puissant torse que laissait entrevoir la chemise déboutonnée. Elle nota, amusée, que les quelques poils qui bouclaient sur sa poitrine étaient d'une teinte plus soutenue que le blond foncé de ses cheveux.

— Ainsi vous n'appréciez pas la compagnie de nos fantômes et autres résidents ? se ressaisit-elle.

— Disons que je ne les apprécie pas tous...

Il avait la bouche pâteuse, comme si on la lui avait remplie de coton. Les épaules dénudées de la jeune femme l'attiraient irrésistiblement, et il rêvait de faire glisser sa chemise si soyeuse, à peine retenue par deux bretelles d'une incroyable finesse.

Samantha se rapprocha de lui et, posant ses mains l'une après l'autre sur la poitrine du journaliste, elle susurra :

— Mike, est-ce qu'on va continuer à jouer avec les mots toute la nuit ?

Puis ses deux bras vinrent enserrer le cou du jeune homme, qui l'attira un peu plus à lui, enivré par son parfum.

— C'était un de vos sortilèges pour me faire venir jusqu'ici, n'est-ce pas ? Vous saviez que, d'agacement, ma première impulsion serait de me précipiter dans votre chambre. C'est vous qui m'avez envoyé cet être invisible...

— Vous croyez ?

Il se pencha, la souleva comme s'il s'agissait d'une plume, et la porta délicatement sur son lit. Elle l'attira contre elle, et entreprit de lui ôter sa chemise, avant de s'attaquer à la boucle de sa ceinture.

— Vous êtes un peu trop couvert pour rendre une visite nocturne à une dame à demi nue qui vous désire, chuchota-t-elle en lui retirant sa ceinture.

Il acheva lui-même de se déshabiller, et elle put constater à quel point lui aussi la désirait.

— Faisons l'amour, Mike. Viens ! Et tu deviendras toi aussi une créature de la nuit...

Il l'interrompit en faisant passer sa chemise de soie par-dessus sa tête, et sa bouche aussitôt s'empara d'un beau sein rond. Samantha poussa un petit gémissement de plaisir, tandis qu'il agaçait des dents et de la pointe de la langue le mamelon gonflé de désir.

— Mike... gémit-elle.

— Sam... se moqua-t-il gentiment.

Leurs lèvres se rencontrèrent et ce fut une explosion d'amour.

— Tu vas voir, murmura Mike contre la bouche de la jeune femme, qu'il existe différentes façons de pratiquer la magie, mon amour. La tempête qui fait rage là-dehors n'est rien à côté de ce que nous allons connaître maintenant.

La tempête ? Samantha ne comprit pas de quoi il parlait. La lune ce soir brillait dans un ciel serein. Mais les lèvres de Mike sur les siennes et ses mains qui lui caressaient doucement les seins lui firent bien vite oublier toute considération d'ordre météorologique.

Elle découvrit qu'il dégageait une agréable odeur de musc.

Il lui avoua que le parfum qui émanait d'elle évoquait des images de harems orientaux.

Elle apprécia le contact de sa peau d'homme, au toucher à la fois rugueux et chaud.

Il compara la texture de sa chair à du satin frais, qu'il n'avait aucun mal à réchauffer par ses caresses savantes.

Peu à peu, leurs corps s'apprivoisaient, apprenaient à se connaître. Lorsque la main de Mike découvrit sa plus secrète intimité, Samantha poussa un petit cri d'impatience et s'ouvrit totalement à lui. Il la caressa doucement, faisant monter le désir, et quand la jeune femme le lui demanda, quand lui-même n'y tint plus, il la pénétra lentement, savourant ce moment tant attendu.

Samantha enroula les jambes autour des reins de son amant, et ils s'aimèrent longtemps ainsi, les yeux dans les yeux :

— C'est la magie de la nuit, murmura-t-elle tandis que leurs deux corps dansaient en rythme.

Le plaisir les submergea tous les deux en même temps, comme ils l'avaient secrètement souhaité, et ils roulèrent sur le lit, heureux, étroitement enlacés.

— J'ai cru entendre un loup hurler, non ? dit-il en riant.

— Moi je crois plutôt que c'était toi à un moment crucial, le taquina-t-elle en l'embrassant.

Il écarta tendrement une longue mèche de cheveux qui dissimulait la tempe de la jeune femme et murmura :

— Tu sais que cette superbe chevelure m'a fait faire plus d'un rêve érotique ?

— Non ? C'est vrai ?

— Eh oui ! J'imaginais tes beaux cheveux tout enroulés autour de nous alors que nous faisions l'amour, tel un rideau de soie noire...

— Assorti aux draps alors ?

Mike jeta un coup d'œil à l'oreiller sur lequel sa tête reposait, puis à la parure de draps, et poussa un soupir :

— J'aurais dû m'en douter... Tu utilises vraiment des draps de soie noire... Alors maintenant qu'est-ce qui m'attend ? Vais-je me transformer en chauve-souris et passer la nuit à voler d'un endroit à un autre à la recherche de jeunes vierges dont je pourrai mordre le tendre cou ?

Samantha se serra un peu plus contre lui :

— L'époque de la chasse aux jeunes vierges est révolue pour toi, lui annonça-t-elle. A compter de cette nuit tu es mon esclave et tu dois obéir à mes ordres.

— Bon, dans ce cas je ferai de mon mieux.

— On commence tout de suite, dit-elle en l'allongeant sur le dos et en s'asseyant à califourchon sur ses cuisses.

Ils jouèrent ainsi une bonne partie de la nuit, firent et refirent l'amour sans répit, et finirent par s'endormir dans les bras l'un de l'autre, épuisés et heureux.

Le lendemain matin, Mike avait rendez-vous avec le baron pour l'une de leurs entrevues désormais quotidiennes en tête à tête. Aussi le baron fronça-t-il les sourcils en voyant subitement surgir sa petite-fille, qui s'installa confortablement sur un canapé en affirmant avec aplomb :

— Continuez, faites comme si je n'étais pas là... Je vais me faire toute petite dans un coin.

— On ne peut pas continuer comme si tu n'étais pas là, Sam, rugit le baron. Qu'est-ce que tu viens faire ici ? Tu sais que je tiens à voir Mike en tête à tête, et de toute façon nous parlons d'événements trop anciens pour que tu puisses m'être d'aucune utilité quand ma mémoire vient à me faire défaut...

— Tu sais aussi bien que moi que ce n'est pas la raison pour laquelle tu m'interdis d'assister à ces entretiens. Tu crains juste que je ne découvre quel polisson tu étais dans tes jeunes années...

Le baron croisa les bras sur sa poitrine :

— Dis-moi, Sam, tu n'es pas censée diriger une firme cinématographique ? Je ne t'ai pas beaucoup vue partir au bureau ces derniers temps, et je ne suis pas sûr qu'on puisse faire du bon travail uniquement par téléphone...

— Fais-moi confiance, si j'avais le moindre doute sur la nécessité de ma présence là-bas, je foncerais à Los Angeles. Mais pour le moment, Diana s'en sort à merveille, et elle a toujours la possibilité de me joindre par téléphone ou par fax en cas d'urgence. Je crois que ça lui fait du bien de ne plus m'avoir sur le dos pendant quelque temps ! Ça lui permet de trouver le moyen de régler toutes sortes de petits détails qu'elle n'a jamais le temps de voir quand je suis là, parce que, comme chacun sait, être mon assistante ressemble à une sorte d'enfer sur terre ! Et puis en restant ici, je m'assure que M. Fletcher n'emploie pas les habituelles ruses des journalistes pour te soutirer des informations qu'il n'est pas nécessaire de publier...

— Sam, voilà plus de soixante ans que je traite avec la presse sans le moindre problème, ce n'est pas aujourd'hui que ça va changer. Alors je t'en prie, fais-nous la grâce de te trouver une autre occupation.

Le vieil acteur s'interrompit, observa longuement sa petite-fille, puis le journaliste, et eut l'air satisfait de cet examen. Mais il n'avait pas renoncé à convaincre Samantha de les laisser seuls, aussi revint-il à la charge :

— Allez, Sam, ne te fais pas prier. Ouste ! Nous n'en avons plus pour très longtemps, Mike et moi.

La jeune femme reconnut le léger changement de ton qui n'admettait plus la moindre protestation. Elle n'insista pas davantage et se décida à quitter les lieux, non sans un battement de cils discrètement adressé à Mike et qui le mit au supplice : il avait un mal fou à se concentrer sur le vieil acteur depuis que Samantha avait fait irruption dans la pièce, et maintenant il lui était extrêmement pénible de ne pas pouvoir librement l'embrasser en lui murmurant un tendre « A tout à l'heure mon amour ».

— Il y a des jours où je pense qu'elle est plus dangereuse à elle toute seule qu'un panier de cobras, murmura le baron une fois la porte refermée.

— Et ça me paraît encore en dessous de la réalité, approuva le journaliste. Vous êtes sûr qu'il n'y a pas un peu de sang en provenance de Transylvanie qui coule dans vos veines ? De très lointains ancêtres ?

— C'est à cause de la morsure d'amour qu'à l'évidence elle a pratiquée sur vous que vous me posez cette question ?

Il désigna le cou du journaliste d'un geste de la

main, et poursuivit sans attendre de réponse à ce qui, au fond, n'était pas vraiment une question :

— Samantha est sans conteste une actrice exécrable, mais elle a hérité du sens familial de la mise en scène dramatique. Imaginez : un jour, au cours d'une importante réunion professionnelle, elle a sorti une tarentule avec laquelle elle s'est mise à jouer négligemment tout en discutant avec un acteur qui avait la faiblesse de se croire un négociateur hors pair ! Mais quelquefois, elle m'inquiète : elle s'est tellement investie dans son rôle de « Dame de minuit » que j'ai peur qu'elle n'en oublie qu'elle est une femme en chair et en os...

Le baron se rapprocha de Mike et le regarda droit dans les yeux :

— Pourtant même les créatures de la nuit peuvent être mortellement blessées, il suffit de trouver la bonne arme. Mais je ne permettrai à personne de faire souffrir Samantha...

Mike soutint son regard :

— Cela n'entre pas dans mes intentions, rassurez-vous.

Le vieil homme ne parut pas convaincu :

— Oui, j'ai déjà entendu ça quelque part. Malheureusement, ça ne veut rien dire...

La repartie du baron interpella Mike, qui se souvint tout à coup de certaines des piques lancées par Samantha sur ses pairs journalistes.

— Dites-moi, aurait-elle eu des problèmes avec un journaliste ?

— Dans notre métier, qui n'en a pas ?

Le journaliste ne se laissa pas décourager par ces paroles :

— Qu'est-ce qui s'est passé exactement ? Et avec qui ?

Mais le baron ignora purement et simplement sa question :

— Bon, où en étions-nous ? fit-il comme si rien n'avait été dit.

Au risque de paraître grossier, Mike insista :

— Vous me parliez des ennuis de Samantha avec un journaliste...

Le baron hocha négativement la tête :

— Ecoutez, Mike, si quelqu'un doit vous en parler, c'est Samantha elle-même. Mais laissez-moi vous donner un petit conseil : le meilleur moyen de la voir se fermer comme une huître et observer un mutisme borné, c'est de la presser de questions... Alors ne vous y risquez pas, laissez les choses venir naturellement en leur temps...

Il eut soudain pitié du jeune homme :

— Bien, je crois que je ferais mieux de vous libérer tout de suite : si vous voulez, on terminera ça ce soir, après le dîner...

Mike s'empressa d'accepter la proposition, et fila sans demander son reste.

— Je vous l'ai déjà dit, le baron se porte comme un charme !

Le combiné du téléphone sans fil collé à l'oreille, Samantha faisait les cent pas devant le bureau en ronce de noyer de son grand-père. Furieuse contre son interlocuteur qui lui faisait perdre son sang-froid, elle ajouta d'un ton cassant :

— Non seulement il n'est nullement hospitalisé,

mais en plus il est en train de donner une série d'entrevues à un journaliste avec lequel il a décidé de retracer l'histoire de sa vie d'acteur.

Elle cessa un instant ses allées et venues pour noter quelque chose sur le bloc-notes du bureau, mais quelque remarque à l'autre bout du fil l'exaspéra au point de lui faire jeter d'un geste rageur son stylo à l'extrémité de la pièce. En proie à une agitation extrême, elle répliqua :

— Comme d'habitude, vous faites fausse route, mon cher Colin. Un conseil : à votre place, j'éviterais de mettre le nez dehors lors de la prochaine pleine lune... On ne sait jamais ce qui peut arriver...

Elle mit fin à cette pénible conversation en raccrochant le combiné d'un geste plein de hargne.

— Je ne te cache pas que je suis heureux de n'avoir pas été l'objet de cette colère...

Mike quitta le chambranle de la porte sur lequel il avait pris appui en attendant la fin de la communication téléphonique pour se rapprocher de Samantha :

— Quel dragon ! J'ai bien cru l'espace d'un instant que tu allais cracher des flammes !

— Au lieu de quoi je me suis beaucoup plus banalement cassé un ongle, tout ça parce qu'un soi-disant membre de ta sacro-sainte profession fait tout pour me rendre dingue...

— Le seul journaliste prénommé Colin que je connaisse est Colin Rivers. Il travaille pour un nouveau magazine sur le cinéma intitulé *Echos des studios*. C'est lui ?

Elle lui fit signe que oui, mais quelque chose dans son regard l'avertissait de ne pas aller plus loin. Il ne tint pas compte de l'avertissement :

— Il a la réputation d'être prêt à tout pour obtenir ce que nous appelons un « scoop » dans notre jargon, disons une information exclusive.

Devant l'expression du visage de la jeune femme, il s'alarma :

— Sam !

— Colin Rivers est un sujet de conversation banni dans cette maison.

Elle reprit très vite le combiné du téléphone et composa un numéro, avec un regard dur qu'il ne lui connaissait pas.

— Allô Pam ? Colin Rivers vient d'appeler au manoir en prétendant qu'il avait entendu dire que le baron était hospitalisé dans un état critique. Débrouille-toi comme tu l'entends, mais je veux savoir comment il a obtenu notre numéro. Et puis si tu pouvais appeler la compagnie de téléphone et t'arranger pour qu'on nous attribue un nouveau numéro en toute urgence, tu serais géniale. Fais aussi passer à toute l'équipe les noms des journalistes avec lesquels nous traitons et les noms de ceux auxquels il ne faut répondre sous aucun prétexte. Tu te charges de tout ça ? Merci. Crois-moi, si je pouvais le transformer en crapaud, celui-là, je n'hésiterais pas une seconde...

Après avoir raccroché, Samantha se tourna vers Mike :

— Vous avez fini tôt, aujourd'hui...

— Ton grand-père m'a proposé de reprendre ce soir, après le dîner.

Son flair de journaliste lui disait que tous ces mystères autour de la personne de Colin Rivers ne présageaient rien de bon. Il avait la certitude que Colin et Samantha avaient été proches autrefois, peut-être même amants ?

Chassant provisoirement ces pensées de son esprit, il demanda d'un air espiègle :

— Tu passes la journée au téléphone, ou tu viens faire l'école buissonnière avec moi ?

La jeune femme le regarda d'un air dubitatif :

— C'est louche... Je ne peux pas croire que tu renonces aussi facilement à en savoir plus. Ça ne te ressemble pas du tout d'abandonner aussi facilement.

— En effet. Mais avec une tête de mule comme toi, je voulais éviter les questions trop directes, et laisser mon charme opérer...

Il regretta aussitôt ces paroles. Samantha fouilla le bureau des yeux, et son regard s'arrêta sur un lourd presse-papiers de cristal. Elle s'en saisit et ses doigts jouèrent un moment avec l'objet avant qu'elle ne se décide à le reposer délicatement à sa place.

Mike poussa un soupir de soulagement :

— Ouf ! J'ai bien cru le recevoir en pleine figure...

Samantha caressa de nouveau l'objet :

— C'est une pièce rare et de très grande valeur, et qui plus est un cadeau. C'est ce qui t'a sauvé d'un châtiment certain...

Elle passa devant lui sans ajouter un seul mot, et quitta le bureau que son grand-père mettait obligeamment à sa disposition comme base de repli pour régler les affaires de la firme.

Le journaliste se maudit intérieurement. « Bon, il va falloir réparer ça », se dit-il en lui emboîtant le pas.

Samantha avait compris depuis longtemps que le seul moyen pour elle de canaliser sa colère et de lutter contre le sentiment de frustration était de se dépenser physiquement. Elle remarqua les nuages sombres qui se profilaient à l'horizon, annonçant sans le moindre doute une tempête, mais remonta le col de sa veste et partit quand même d'un bon pas.

— Tu as décidé d'aller te geler dehors pour une bonne raison, ou c'est juste pour le plaisir ?

La jeune femme ne ralentit nullement le pas au son de la voix de Mike, au contraire.

— Ça fait du bien, un peu d'exercice, jeta-t-elle par-dessus son épaule. Mais j'oubliais que les journalistes ne sont pas du genre à se préoccuper d'avoir un mode de vie sain.

— Alors, c'est reparti, le couplet sur les journalistes, gens de mauvaise vie ? Sam, suis-je condamné à tout reprendre à zéro pour te convaincre que je suis on ne peut plus gentil et on ne peut plus sincère ? Colin Rivers se dressera-t-il toujours entre nous ? Il a donc plus de poids que moi, pour faire si facilement pencher la balance et que tu sois de nouveau sur tes gardes avec moi malgré tout ce qui s'est passé entre nous ?

Samantha s'arrêta brutalement pour faire face au jeune homme :

— Tu t'imagines peut-être que parce que nous avons passé la nuit ensemble tu as le droit de tout savoir de ma vie ?

— Sam, ton passé ne regarde que toi, loin de moi l'idée de fouiller dans ta vie. Mais lorsque des événements passés interfèrent de façon aussi évidente avec le présent, et surtout avec ce qui nous arrive à tous les deux, alors il me semble normal d'en parler. Tu ne comprends donc pas que ce n'est pas de la curiosité malsaine, mais que je veux t'aider si c'est possible ? Parfois, le simple fait de parler aide déjà à minimiser les choses...

Il lui caressa tendrement la joue du bout des doigts :

— Je m'inquiète pour toi, mon amour. Tout ce que je veux, c'est prendre soin de toi...

Comme elle ne répondait pas, il lui donna la main et ils reprirent leur marche, côte à côte cette fois.

— Où allons-nous comme ça, Sam ?

— Je n'en sais rien. J'ai juste ressenti un besoin impérieux d'aller prendre l'air, de marcher un peu...

— Ça t'ennuie si je t'accompagne ?

— Tu penses pouvoir tenir le coup ?

— Mettrais-tu mes capacités physiques en doute ?

Elle sourit de l'allusion, et adopta aussitôt un pas qui ne tarda pas à essouffler son compagnon.

— Mais Sam, tu suis un entraînement militaire spécial ou quoi ?

— Pour être honnête, je dois te dire que j'ai participé deux fois au marathon de Los Angeles, et que les deux fois j'ai terminé assez bien placée. D'autre part, ça fait des années que je pratique la marche à pied de façon intensive, je parcours des kilomètres et des kilomètres dès que l'opportunité se présente. Apparemment, ce n'est pas tout à fait la même chose pour toi...

— C'est différent, en effet, mais dans mon genre j'ai aussi un certain entraînement, et j'ai passé plus que ma part de temps dehors à affronter toutes sortes d'éléments, protesta-t-il. Je voudrais t'y voir, à avaler des tonnes de sable pendant des jours et des jours, et à passer ton temps à te battre avec un chameau au sale caractère qui ne fait que te mordre et te cracher à la figure... Ou à traverser une jungle tropicale en suant sang et eau et en servant de repas à des tas d'insectes qui dévorent la plus petite parcelle de peau nue...

— Mais tu ne changerais de métier pour rien au monde, n'est-ce pas ?

— C'est vrai, il m'arrive de douter de l'utilité de certains risques que l'on prend pour écrire un bon article, mais je crois au journalisme, et j'espère bien te convaincre un jour de la beauté de ce métier... quand il est bien fait.

Après une pause qui lui permit de reprendre son souffle, il proposa :

— Et si on allait dîner dans un restaurant ce soir ?

— Tu sembles oublier que tu as rendez-vous avec le baron pour travailler...

— Notre rendez-vous est *après* le dîner. Ce qui nous laisse largement le temps pour un petit dîner romantique aux chandelles, au cours duquel au moins j'aurai une chance de pouvoir te convaincre de la veine que tu as d'avoir rencontré un type comme moi...

— Tu peux toujours essayer...

6

— Tu n'as pas été très gentil avec le baron, ce soir, Mike...

Samantha avait conseillé au jeune homme un restaurant au bord de l'océan, et ils avaient obtenu une table idéalement placée près de la baie vitrée.

— Pourquoi ? Parce que j'ai dit honnêtement ce que je pensais de sa proposition ? Quand il m'a demandé si cela m'ennuierait qu'il se joigne à nous, je lui ai répondu que ce soir, je préférais t'avoir à moi tout seul... Ce qui ne veut pas dire qu'il ne pourra pas nous accompagner une autre fois, et j'ai bien insisté là-dessus. Tout ça ne me paraît pas si terrible, si ?

Samantha lui sourit et ôta sa grande cape noire, qu'elle déposa sur le dossier de sa chaise. Mike eut alors tout loisir d'apprécier le petit bustier de dentelle noire qui mettait en valeur ses magnifiques épaules d'un blanc crémeux. Elle avait rassemblé ses cheveux en un joli chignon aérien d'où s'échappaient quelques mèches qui donnaient du mouvement à l'ensemble. Le journaliste attendait impatiemment le moment où il pourrait libérer l'ensemble de sa belle chevelure et apprécier le spectacle des boucles tombant en cascade sur ses épaules nues...

— Tu es très belle, Sam, murmura-t-il d'une voix émue.

— Et si on s'intéressait au menu ? rétorqua-t-elle, mais ses yeux disaient combien elle avait apprécié le compliment.

Ils commandèrent quelques instants plus tard, et Mike attendit que la serveuse se soit éloignée pour dire :

— Tu sais que je te trouve merveilleuse, Sam ? Tu es belle, intelligente et nous avons en commun quelque chose qui, je crois, nous rapproche : nous détestons tout ce qui est conventionnel. Il faut que je te dise que j'ai demandé à quelqu'un du journal de me faire parvenir un dossier de presse à ton sujet. Rien de bien indiscret, rassure-toi, je ne m'intéresse pas aux ragots. Je voulais juste connaître un peu mieux ton parcours professionnel. C'est ainsi que j'ai découvert que tu avais considérablement augmenté les bénéfices de la société de ton grand-père en travaillant, justement, à ta manière et non selon les lois du métier. Et pourtant, tu as toujours refusé les films dits « commerciaux », tous ces navets dont l'hémoglobine est le personnage principal et qui assurent néanmoins un maximum d'entrées, au profit d'une production d'une certaine qualité. Plusieurs des films que tu as produits ont obtenu des récompenses, et quelques-uns sont devenus aussi célèbres que les plus grands classiques, tel *Autant en emporte le vent*. Un beau parcours, en vérité, on dirait que le baron a eu raison de croire en toi...

— Tu sais, Mike, d'une part je suis allée à bonne école, avec le baron, et puis aujourd'hui encore il m'apporte ses précieux conseils. Il m'a toujours dit, et j'étais bien d'accord avec lui, que les films d'horreur fondés sur la psychologie étaient finalement bien plus terrifiants que les litres d'hémoglobine déversés dans certains films... Prends *Les murs parlent*, par exemple : j'ai immédiatement su que ce serait un grand succès parce que j'ai moi-même été terrifiée en le voyant. A tel point que j'ai dû pour la première fois de ma vie garder les lumières de la maison allumées toute la nuit ! J'avais peur, Mike, et tu sais qu'il en faut beaucoup pour m'effrayer...

— En effet. Après avoir passé quelque temps au manoir, j'étais pourtant convaincu que *rien* ne pouvait t'effrayer... Même pas des traces de pas sanglantes sur la moquette, ajouta-t-il avec un petit sourire.

Samantha faillit lui révéler le secret de la chambre bleue, celle qu'il occupait depuis son arrivée dans la demeure des Lyons, mais elle choisit de se taire pendant quelque temps encore.

Comme elle ne relevait pas l'allusion, il poursuivit :

— En résumé, mademoiselle, on peut dire que vous êtes fascinée par les créatures de la nuit, que vous n'aimez rien tant que voir mourir de peur vos pauvres invités confrontés à tous les sortilèges du manoir familial, que quand vous n'êtes pas au bureau à jouer les esclavagistes, vous vous entraînez à la manière d'un athlète pour le prochain marathon, et quoi d'autre encore ?

— Rien que de très banal. Je possède une petite maison à la campagne que j'ai décorée moi-même. J'aime beaucoup le tennis, que je pratique volontiers, mais je déteste le golf, contrairement à mon frère Jeremy qui lui voue une véritable passion. J'ai horreur des mondanités, auxquelles je préfère une bonne soirée entre amis ou carrément un bon livre ou un bon film en solitaire. Les « Productions du Baron » me prennent l'essentiel de mon temps, bien que je croie au travail d'équipe et n'hésite pas à déléguer certaines tâches qu'il ne me paraît pas indispensable d'assurer en personne. Voilà, satisfait ? A ton tour, maintenant...

— Je possède un appartement à San Marino, où je n'ai pas dû passer plus d'un mois en tout et pour tout l'an dernier. Le seul sport qu'il m'arrive de pratiquer, mais vraiment occasionnellement, c'est le handball. J'ai la bougeotte, et, comme vous le savez, suis toujours par monts et par vaux de par mon métier... Mais de ce côté-là, je sens que je commence à me calmer, et il n'est pas impossible que j'aie bientôt envie d'une vie un peu plus stable, murmura-t-il en regardant intensément la jeune femme.

Puis il porta la main de Samantha à ses lèvres et l'embrassa amoureusement.

— Ton parfum me fait imaginer des draps de soie et une tempête en fond sonore, dit-il en gardant le petit poing prisonnier de sa grande main virile.

— Mike, notre serveuse attend que tu veuilles bien lui faire un peu de place pour les assiettes, répondit la jeune femme avec un petit rire dans la voix.

Imperturbable, le journaliste libéra la main de Samantha et se redressa sur sa chaise avec un grand sourire pour l'hôtesse, qui rougit jusqu'aux oreilles et leur annonça :

— Je crois que je vais aller téléphoner à mon petit ami pour lui dire qu'il existe encore des hommes romantiques... et lui conseiller de venir prendre modèle sur vous.

Elle rendit son sourire à Mike en partant.

— On dirait que tu t'es fait une admiratrice, le taquina Samantha. Tu devrais faire attention, Mike, son petit ami pourrait être un méchant costaud...

— Pourquoi m'inquiéterais-je, avec toi à mes côtés ? Tant que je suis sous ta protection, il ne peut rien m'arriver de fâcheux.

— En es-tu bien certain ? Qui te dit que je te protégerais ?

— Tu ne voudrais pas que je sois blessé et que quelqu'un d'autre que toi fasse couler mon sang, n'est-ce pas ?

— Vu comme ça...

Le dîner fut délicieux, mais Samantha ayant tout fait pour réveiller les sens de Mike, tantôt en se passant la langue sur les lèvres d'une manière outrageusement sensuelle, tantôt en lui jetant des regards langoureux ou en utilisant, non sans talent, un vocabulaire à double sens qui évoquait immédiatement dans l'esprit du journaliste des images torrides, le jeune homme la supplia de renoncer au dessert, soudain pressé de rentrer.

— Voyons, Mike, calme-toi !

— Pas question, espèce d'allumeuse ! Tu m'as taquiné durant toute la soirée, l'heure de la revanche a sonné !

Il paya l'addition sans plus attendre, aida la jeune femme à remettre sa cape en la bousculant un peu, et l'entraîna hors du restaurant comme s'il y avait soudain le feu... ce qui n'était pas loin d'être le cas, étant donné l'incendie qu'elle avait allumé en lui.

Une fois dans la voiture, Samantha lui fit remarquer en riant :

— Es-tu conscient du fait que le baron doit guetter notre retour, et qu'il ne comprendrait pas que tu n'ailles pas le rejoindre dès la porte d'entrée franchie ?

— Avec un peu de chance, il sera trop fatigué et déjà au lit quand nous arriverons au manoir, murmura-t-il avant de l'embrasser passionnément.

De petits coups frappés contre la vitre côté passager les firent sursauter. La jeune femme baissa sa vitre et découvrit un homme aux cheveux gris qui semblait bien la connaître :

— Dites-moi, charmante enfant, votre grand-père connaît-il ce monsieur aux manières quelque peu cavalières ?

— Oui, le baron le connaît bien, c'est même lui qui l'a invité à venir passer quelque temps au manoir, s'exclama la jeune femme en riant.

— Mes amitiés au baron, fit le vieux monsieur en s'éloignant avec un signe de la main.

— Un ami du baron, et un de ses partenaires au poker, expliqua Samantha au journaliste, qui n'avait pas osé dire un mot.

— Je vois ! Nous sommes faits !

— De toute façon, le baron n'est ni aveugle, ni sot, murmura la jeune femme d'un air entendu.

Mike mit le contact après un nouveau baiser, et la voiture démarra au quart de tour.

Au manoir, le baron les attendait avec impatience, comme l'avait prévu Samantha. Il laissa à peine le temps à Mike d'ôter son manteau, et l'entraîna aussitôt vers ses appartements.

Sa petite-fille lui déposa quand même un baiser rapide sur la joue en proposant :

— Je vais vous préparer du café, et je vous l'apporte.

— Tu peux nous monter le café, c'est vraiment très gentil à toi, mais ça ne veut pas dire que tu peux rester, que ce soit bien clair, précisa le baron.

— Mais oui, Baron de mon cœur, j'ai compris, va : tu peux les garder, tes secrets de jeunesse...

Tout en suivant le baron dans l'escalier en colimaçon, Mike perçut des bribes de la conversation qui s'engageait entre le majordome et Samantha :

— Nous l'avons cherchée partout, mademoiselle Samantha, mais c'est comme si elle s'était évaporée... Le froid la pousse peut-être à se cacher ?

— Il faut la retrouver à tout prix, Reynolds. Vous vous rendez compte, si elle tombait entre de mauvaises mains ? Sans parler du chagrin du baron s'il la perdait définitivement...

Le baron et Mike ne s'étaient pas mis au travail depuis vingt minutes que le café arrivait.

Samantha déposa le plateau d'argent sur la table à côté d'eux, et se chargea de remplir les tasses avant de repartir sans faire d'histoires, cette fois. Mike la suivit des yeux, perdu dans ses pensées, si bien qu'il n'entendit pas le baron lui poser une question :

— Eh bien, oui ou non ?

— Excusez-moi, vous m'avez posé une question ?

— Oui, mais je crois connaître la réponse, rien qu'à

vous regarder : je vous demandais si vous étiez attiré par Samantha...

— Le moyen de ne pas l'être ?

Le baron apprécia la franchise de la réponse.

— Je vous approuve, dit-il. Et plus encore, je pense que vous êtes l'homme qu'il lui faut.

Le journaliste en Mike se réveilla soudain :

— Dites, est-ce que nous ne serions pas en train d'inverser les rôles ? Normalement, c'est moi qui pose les questions, et vous qui apportez les réponses...

— On va en effet provisoirement inverser les rôles. Ma question suivante est : Pendant combien de temps encore comptez-vous ainsi courir le monde au risque de vous faire trouer la peau ? Et si un jour une blessure plus sérieuse que les autres vous empêchait définitivement de voyager ?

— Tous les journalistes ne sont pas reporters de guerre... Je ferais comme les autres : je resterais au journal !

— Mais ça ne convient pas à votre tempérament, n'est-ce pas ? Bref, revenons à nos moutons : plus vite vous en aurez fini avec moi, plus vite vous pourrez retourner à vos chers reportages « sur le vif »... Je voulais juste vous faire savoir que vous aviez ma bénédiction, au cas où vous vous demanderiez comment réagirait le vieux baron...

Un peu plus tard dans la soirée, Samantha alla rejoindre Mike dans la chambre bleue :

— Bonsoir, monsieur, aimeriez-vous avoir un peu de compagnie ce soir ?

Elle avait pris l'accent irlandais pour jouer les paysannes effarouchées et arborait une grossière chemise de nuit de coton blanc, sans aucun bijou ni la moindre trace de maquillage, à l'exception d'un brillant à lèvres qui rendait sa bouche encore plus attirante.

— La jolie petite chose, murmura-t-il, tout émoustillé. Il n'y a qu'un tout petit problème...

— Ah oui ? Lequel ? demanda en ouvrant de grands yeux faussement innocents la petite paysanne irlandaise.

— Après une pareille soirée, je n'aurai plus la patience nécessaire à l'éducation d'une jeune vierge effarouchée... répondit-il en l'embrassant fougueusement.

— Quelle jeune vierge effarouchée ? demanda-t-elle en lui arrachant sa chemise.

Mike s'apprêtait à attirer la jeune femme à lui lorsqu'il crut percevoir un mouvement dans les couvertures du lit. Interdit, il tenta de distinguer quelque chose, et Samantha suivit son regard.

— Lucretia ! s'écria-t-elle tout à coup.

Elle se précipita sur le lit et brandit un serpent qu'elle avait déniché d'entre les draps :

— Vilaine, gronda-t-elle, tu nous as fait une de ces peurs ! On te croyait perdue...

Le serpent s'enroula autour de son bras. Mike n'en croyait pas ses yeux :

— C'est donc de *ça* que Reynolds et toi parliez tout à l'heure encore...

Samantha acquiesça, tout en attrapant le combiné du téléphone. Elle fit un numéro à deux chiffres et annonça :

— Reynolds, je vous apporte Lucretia, qui se trouvait dans la chambre de M. Fletcher.

Elle raccrocha, et expliqua à Mike avant de descendre :

— Lucretia est un boa constrictor. C'est un ami du baron qui le lui a offert voilà deux ans pour son anniversaire.

— Elle est belle, chuchota Mike, fasciné, en passant sa main sur le reptile.

— C'est vrai, elle est belle, répéta Samantha avec un sourire. Bon, je l'emmène en bas, mais ne t'inquiète pas, je reviendrai finir ce que j'ai commencé...

Mike poussa un soupir et se contenta de murmurer :

— Fais vite, Sam, ou je risque de perdre définitivement la raison dans cette maison de fous...

Le lendemain matin, Mike serra la jeune femme entre ses bras et lui demanda d'une voix paresseuse :

— Tu crois qu'on peut se faire servir le petit déjeuner au lit, dans cet établissement hors du commun ?

— Tu devrais poser la question à Reynolds, le taquina-t-elle. Mais si tu veux traîner un peu au lit, ça tombe bien parce que j'ai deux ou trois choses à te dire au sujet de cette chambre...

— Voilà qui promet d'être intéressant... Vas-y, je suis tout ouïe...

— La toute première personne à avoir occupé cette chambre était un très bon ami du baron, un génie des effets spéciaux...

— Des effets spéciaux ? Tiens, tiens...

— Il lança l'idée que cette pièce devrait être hantée pour parfaire l'atmosphère générale du manoir, et proposa d'installer deux ou trois petites choses de son invention, que nous avons encore améliorées depuis grâce à des ordinateurs : c'est ainsi qu'aujourd'hui on peut entendre toutes sortes de cris programmés par nos soins, par *mes* soins ces derniers temps, du plus petit grognement au hurlement de terreur, s'arranger pour que la porte s'ouvre et se referme toute seule, comme si un être invisible était de passage, créer l'illusion de bruits de pas sur la moquette à différents endroits de la pièce et d'autres illusions optiques comme le lit qui paraît s'affaisser sous le poids de quelqu'un, faire apparaître et disparaître à volonté des traces de pas rougeâtres évoquant à la perfection le sang, etc. Le tout programmé à des heures indues, pour que nul ne soupçonne la supercherie.

— Tu n'as oublié qu'un élément : le tonnerre, les éclairs et la pluie battant les vitres... l'interrompit sèchement Mike.

— Je comprends que tu sois fâché, murmura-t-elle, tête basse. Mais je te jure qu'aucune tempête n'a été programmée, rien d'autre que ce que je viens d'énumérer... Très peu de gens connaissent le secret de cette chambre, et ceux-là y logent volontiers car ça les amuse. Mais ceux qui ne sont pas au courant n'insistent jamais pour passer une deuxième nuit au manoir...

— Je vois... Et bien sûr c'est toi qui as décidé de m'installer ici ? Un excellent moyen de te débarrasser d'un de ces satanés journalistes ?

— Je l'aurais décidé de toute façon, mais en fait Reynolds m'a devancée : il n'appréciait pas non plus ton incursion dans son domaine...

— J'espère au moins que tu as changé d'avis ?

— En partie, oui.

Samantha redevint sérieuse pour dire :

— Mais je tiens à t'avertir, Mike : nous avons beau être devenus amants, et j'ai beau être assez folle pour tenir à toi, si tu publies quoi que ce soit de blessant sur mon grand-père, je me chargerai personnellement de t'arracher le cœur et de l'offrir aux mouettes en guise de repas...

Il l'attira à lui et murmura contre sa bouche :

— Espèce de sorcière assoiffée de sang...

— Eh oui !

Malgré sa quatrième tasse de café, Mike ne parvenait pas à avoir l'air totalement réveillé :

— Vous m'épuisez, belle Dame... se plaignit-il.

— Veux-tu que je demande à Reynolds de t'apporter un tube de vitamines ? proposa-t-elle tout en feuilletant distraitement le journal du jour.

— Oh ! le sale type ! s'écria-t-elle brusquement, je vais le vider de son sang, que je remplacerai par du vinaigre... Ensuite je l'écorcherai vif, et pendant qu'il sera encore en vie, je lui arracherai la langue...

Dégoûté, Mike repoussa son petit déjeuner.

— Jusqu'à ce que je te rencontre, dit-il, je croyais avoir l'estomac solide, mais tu t'y prends comme personne pour me couper l'appétit...

— Il a signé son arrêt de mort...

La jeune femme se jeta sur le téléphone comme une furie et composa un numéro de mémoire :

— Colin Rivers ? Samantha Lyons. Je viens de lire votre article, ou plutôt votre torchon. Je vous connais suffisamment pour me douter que vous avez pris toutes les précautions afin de ne pas être poursuivi pour diffamation, mais je ne vous raterai pas. Je trouverai un moyen. Cette fois, vous êtes allé trop loin, et vous me le paierez.

Et elle raccrocha sans autre forme de procès.

Mike la dévisageait, mi-horrifié, mi-épaté :

— Tu as été formidable, excellente !

— Et ce n'est qu'un début, siffla-t-elle entre ses dents tout en composant un autre numéro.

Elle n'eut pas à attendre longtemps :

— Bonjour, Janice, c'est Samantha, merci de me passer Pam, c'est urgent.

Ses doigts pianotaient sur la table, marquant son impatience :

— Pam ? Bonjour. Tu as lu l'article de ce porc de Colin Rivers ? Non ? Eh bien fonce acheter le journal, lis-le et remets-le aussi vite que possible à nos avocats. Je serai là dans quelques heures. Demande à Diana d'organiser une réunion au sommet pour 15 heures. Et que tout le monde y soit, sans faute. A tout à l'heure.

Mike avait eu le temps de parcourir l'article :

— Il a du style, l'animal, mais quel imbécile ! Je comprends qu'il t'ait mise dans un état pareil. Prétendre que le baron est venu se terrer ici pour mourir en paix, quelle idiotie !

— Un jour, il m'a accusée d'avoir créé une espèce de société secrète exclusivement réservée aux membres de ma famille. Mais là, il exagère vraiment, et je vais lui rabattre le caquet.

— Alors tu pars pour Los Angeles ?

— Il le faut bien, fit-elle en quittant la pièce sans un regard en arrière.

Reynolds entra au même moment et entreprit de débarrasser les restes du petit déjeuner.

— Reynolds, Samantha doit partir pour Los Angeles tout à l'heure.

— Oui, monsieur.

— Vous n'avez pas l'air surpris par cette nouvelle. Vous saviez déjà qu'elle devrait partir aussi précipitamment ?

— Oui, monsieur.

— Seriez-vous devin ?

— Pas du tout, monsieur.

— Ah bon...

Le journaliste se précipita sur les traces de Samantha tout en se demandant par quel nouveau mystère ce glacial majordome était toujours au courant de tout dans la maison.

Resté seul, Reynolds esquissa un sourire en murmurant dans la pièce vide : « J'ai tout simplement lu cet article avant tout le monde... »

Mike trouva la porte de la chambre de Samantha entrebâillée.

— Je peux entrer ? cria-t-il.

— Oui, bien sûr !

Elle glissa un étui à lunettes dans son porte-documents avant de refermer celui-ci tout en murmurant :

— Encore heureux que je n'aie pas à faire une valise...

— Sam, demanda doucement le journaliste, puis-je te poser une toute petite question sans importance ?

— Vas-y, répondit-elle d'un air distrait.

— Ce n'est pas que je sois ultrasensible ou quoi que ce soit, mais je me demandais si tu comptais prendre le temps de me dire au revoir, ou si tu pensais me laisser un petit mot, ou...

— Oh ! Mike... Pardon... J'ai été si... si...

— Choquée ? Oui, surtout que lorsque le baron va voir ça...

— Tu es fou ! Il n'en saura rien. On peut compter sur la discrétion de Reynolds... et sur la tienne aussi j'espère...

— Bien sûr. Mais permets-moi de te dire que ce n'est peut-être pas une bonne idée. Imagine que quelqu'un d'autre lui en parle ? Il n'appréciera pas d'avoir été « ménagé », il est bien trop fier pour ça...

— Il sera toujours temps d'y penser alors... Il y a plus urgent. Cette nouvelle risque de semer un vent de panique : il y a pas mal de monde qui continue à penser que le baron dirige toujours sa firme, que c'est lui qui prend toutes les décisions importantes. Le nom de la personne qui se trouve désormais à la tête de la société n'a pas encore été officiellement annoncé. Dans ces conditions, tu vois bien que ma présence va être indispensable sur place, le temps que tout ça se tasse...

Elle attrapa son porte-documents et ajouta :

— J'ai déjà averti le baron de mon départ, il n'a posé aucune question. Maintenant, il faut vraiment que je me sauve.

Mike sentit l'amertume le gagner :

— Et moi, qu'est-ce que je deviens dans tout ça ?

— Je te téléphonerai avant que tu n'aies fini ce travail avec le baron.

— Je suppose que je dois m'en contenter ?

— Ne me rends pas les choses plus difficiles, Mike.

— Alors bon voyage.

Il l'attrapa par les épaules et l'embrassa avec une

violence désespérée, puis la laissa partir. Elle s'éloigna sans même un regard en arrière.

— Alors vous l'avez laissée filer ?

— Je vous demande pardon ?

La question du baron n'avait pas manqué de surprendre Mike.

— Mon pauvre garçon, vous êtes dans un triste état. Vous n'avez même pas remarqué que votre petite machine, là, n'enregistre plus rien depuis un bon moment. La bande est finie...

— Voyez-vous ça ! tenta de plaisanter le journaliste. J'étais tellement fasciné par votre récit que j'en ai oublié de surveiller le magnétophone...

— Je comprends. Il faut dire que *Boucle d'or et les trois ours* est un film d'horreur passionnant...

— Bon, je me rends. C'est vrai, je ne pense qu'à Sam, et à la meilleure manière de lui tordre le cou quand je la reverrai.

— Vous êtes mordu, n'est-ce pas ?

— C'est bien le mot ! dit-il en forçant un petit rire, mais le cœur n'y était pas.

— Il y a un problème à la société, c'est ça ?

— Oui, mais je préférerais que vous en parliez avec elle.

— Vous n'allez pas l'abandonner maintenant, Mike ?

— C'est plutôt elle qui m'abandonne !

— Le mieux pour arranger tout ça serait que je nomme quelqu'un d'autre à la tête de cette société... murmura le vieil homme.

— Vous n'y pensez pas ! se récria le journaliste. Elle

est la personne idéale pour ce poste : j'ai pu m'en rendre compte par moi-même rien qu'à l'entendre travailler par téléphone chaque jour. Elle avait beau être à des kilomètres loin des bureaux, elle suivait tout ce qui s'y passait avec une conscience professionnelle rare. Vous ne trouverez personne qui fasse tourner cette boîte aussi bien qu'elle, vous pouvez me croire.

Le baron n'essayait même pas de cacher sa joie :

— C'est exactement là que je voulais vous amener ! Faut-il que vous l'aimiez pour faire passer sa carrière avant vos sentiments personnels... Je savais déjà tout ce que vous venez de me dire, mais je voulais vous l'entendre dire. Il n'est jamais entré dans mes intentions de remplacer Sam à ce poste...

— Eh bien, me voilà amoureux d'une femme qui me jette à la première occasion !

— Vous êtes du genre à accepter ça comme une fatalité ?

— Certainement pas !

— Que comptez-vous faire alors ?

— Me rendre à Los Angeles et montrer à votre tête de mule de petite-fille ce dont elle a besoin. Et puis s'il lui faut un coup de main dans la bataille où elle s'engage, je pourrai peut-être faire quelque chose ?

— A la bonne heure. Mais pour le moment allez vous détendre. On se retrouvera tout à l'heure, histoire de mettre une stratégie au point... Je suis en possession de renseignements qui pourraient vous être utiles...

Le baron hocha la tête en voyant Mike s'exécuter sur-le-champ. Le jeune homme ne l'avait pas plutôt quitté qu'il murmura avec une pointe de satisfaction dans la voix : « J'ai su que ces deux-là étaient faits l'un pour l'autre la première fois que j'ai lu un de ses articles... »

La voix froide du majordome s'éleva derrière lui :

— Elle va vous en vouloir pour être intervenu là-dedans...

— Vous avez peut-être une meilleure idée, mon vieux ?

— Je pense qu'il faut la laisser mener sa barque.

— Elle comprendra...

— Ou elle sortira les griffes. On dirait que vous ne la connaissez pas !

7

APRÈS une nouvelle journée de travail harassante, Samantha ne rêvait plus que d'une chose : prendre un bon bain et se glisser dans son lit. Elle n'avait rien avalé depuis le petit déjeuner mais ça n'avait aucune importance, elle n'aurait même pas la force d'ouvrir la moindre boîte de conserve de toute façon.

Elle rentra sa voiture au garage, puis se précipita dans la cuisine afin de se servir au moins un verre de lait.

La jeune femme était si fatiguée qu'elle ne remarqua même pas la lumière dans le salon en passant devant...

— Bonsoir, chérie, comment s'est passée ta journée au bureau ?

Samantha sursauta en reconnaissant la voix :

— Mike ! Comment es-tu entré ici ?

Le journaliste était bien décidé à ne plus se laisser perturber par son apparente froideur :

— J'ai des relations...

Elle aurait dû se douter que son grand-père ne pourrait s'empêcher de s'en mêler :

— Le baron !

Il leva les mains en un geste qui signifiait « Qu'y puis-je ? » et déclara avec un sourire engageant :

— Il m'a à la bonne...

— C'est complet ! Et moi qui suis trop fatiguée pour te jeter dehors... Très bien, alors installe-toi : la chambre d'amis, c'est la deuxième porte à gauche. Tu devras faire ton lit toi-même.

Mike consulta sa montre sans paraître s'offusquer le moins du monde :

— Tu as dîné ?

— Ecoute, Mike, tu es gentil, mais ce soir, je ne suis pas en état de quoi que ce soit : ni de manger, ni même de bavarder avec toi...

— Tu dois manger quelque chose, tu verras, tu te sentiras déjà beaucoup mieux après...

Samantha reconnut subitement l'odeur de cuisine chinoise qui émanait de la table, et s'aperçut que celle-ci était déjà dressée pour deux.

— Allez, assieds-toi et mange... lui intima doucement mais fermement le jeune homme.

— D'accord, mais c'est bien parce que je meurs de faim...

Mike s'empressa de garnir une assiette d'un assortiment de tout ce qu'il avait acheté, et la lui tendit.

— Qu'est-ce que tu fais ici ? demanda-t-elle sans ambages.

— Je suis venu discuter de certains points avec toi.

— Comme par exemple...?

— La façon dont tu m'as traité le jour de ton départ.

— Dans mon métier il n'est pas question de montrer la moindre faiblesse.

— Il ne me serait jamais venu à l'esprit de qualifier

de « faiblesse » ton comportement avec moi et ce que nous avons partagé...

— Si c'est le mot « faiblesse » qui te dérange, remplaçons-le par « poussée d'hormones »...

Elle se demanda elle-même ce qui lui prenait, pourquoi elle se comportait ainsi avec lui, cherchant à l'évidence à le blesser. Quand elle l'avait vu dans son salon, sa première impulsion avait été de se précipiter dans ses bras. Il lui avait terriblement manqué, elle n'avait cessé de penser à lui depuis qu'elle avait quitté le manoir. Et maintenant qu'il lui offrait lui-même la possibilité de faire amende honorable, elle faisait tout pour le dégoûter d'elle. Elle s'en voulait, mais avait beau se traiter de tous les noms, elle n'y pouvait rien.

— Le baron t'a envoyé comme espion, c'est ça ? Tu es chargé de me surveiller, puis de faire ton rapport ?

Elle se détestait, mais ne pouvait arrêter sa langue de vipère :

— Pour qu'il t'ait confié les clefs de ma maison, il faut que vous soyez devenus bien proches... D'ici à ce qu'on apprenne un de ces quatre qu'il souhaite t'adopter...

Le calme dont faisait preuve le journaliste la mit mal à l'aise.

— Voilà que tu recommences... dit-il simplement.

— Je recommence quoi ? s'étonna-t-elle.

— A tout garder en toi quand ça te ferait tellement de bien de parler. Il va falloir apprendre à te laisser guider par tes sentiments, Sam. Ce n'est pas forcément dangereux, tu peux leur faire confiance. Et tu peux me faire confiance, à moi aussi. Je ne te ferai jamais de mal.

— Mike, tout ça arrive au mauvais moment, c'est tout. Je n'ai pas le temps d'analyser ce qui m'arrive, parce que je dois consacrer toute mon énergie à défendre les « Productions du Baron » et, au-delà, notre famille. Colin Rivers est déchaîné, il fait circuler un tas de rumeurs sur la firme, et je ne peux pas le laisser faire sous prétexte que j'ai une vie privée un peu mouvementée en ce moment, tu comprends ? Et les rumeurs, Mike, tu sais tout le mal que ça peut faire, insidieusement. On en subit déjà les conséquences : plusieurs réalisateurs et acteurs avec qui nous étions en pourparlers ne sont tout à coup plus libres, sous les prétextes les plus vagues... Et maintenant certains des membres du personnel parlent de partir...

— Rivers a récidivé ? Je l'ignorais. Qu'a-t-il encore raconté ?

Samantha regarda attentivement Mike et, rassurée par la sincérité qu'elle lisait dans ses yeux, elle se résolut à lui répondre :

— On a d'abord pu lire que le baron était si malade qu'il avait été obligé de confier les rênes de la firme à quelqu'un d'autre (l'article stipulait « l'une de ses héritières » avec un mépris non dissimulé), n'étant plus en état de s'en occuper en personne, *même de loin en loin.* Puis il a été insinué que je lui avais forcé la main pour qu'il me nomme provisoirement à la tête des « Productions du Baron », comme si quiconque avait jamais pu lui forcer la main !

La jeune femme s'interrompit un instant, et se massa la nuque avec une grimace de souffrance avant de poursuivre :

— Ensuite cet oiseau de malheur est allé encore plus

loin : il a émis une hypothèse, présentée comme une plaisanterie bien sûr, histoire d'échapper une fois de plus à l'accusation de diffamation, hypothèse selon laquelle le baron était peut-être retenu prisonnier au manoir par ses héritiers, les enfants de son fils unique récemment décédé... Naturellement, personne n'a trouvé ça drôle. Et je ne te parle pas des allusions répétées au fait que je ne suis pas capable de diriger une pareille société, au mépris de tout ce que j'ai pu faire ces dix-huit derniers mois...

— Tout ça sonne un peu comme une vengeance... Mais ce qui m'étonne, c'est la méthode employée : d'habitude, les hommes ne s'amusent pas à colporter des ragots, que ce soit par dépit, rancune ou malveillance. Ils fonctionnent différemment...

— On voit que tu ne connais pas ce type. Toute méthode susceptible de le servir est bonne à prendre... Au début, je considérais simplement qu'il avait la plume acérée. Maintenant je sais qu'il est impitoyable, qu'il adore semer le trouble et tenter d'en tirer profit... Mais le pire, c'est qu'il est capable de colporter n'importe quelle information sans prendre la peine de vérifier son exactitude, à partir du moment où elle lui paraît pouvoir servir ses desseins...

— Dis-toi pourtant qu'il ne peut guère t'atteindre : ce n'est pas comme si tu devais te justifier auprès de supérieurs, tu n'as de comptes à rendre à personne, sinon au baron, qui ne risque pas de se laisser influencer par l'opinion d'un Colin Rivers ! Alors arrête de t'en faire à cause des divagations d'un journaliste qu'aucune personne censée ne prendra au sérieux.

Mike eut un petit sourire amusé en débarrassant la

jeune femme de son assiette totalement vide, et elle-même s'étonna d'avoir tout mangé sans même s'en rendre compte.

— On dirait que j'avais vraiment très faim, murmura-t-elle en acceptant le verre de vin qu'il lui tendait.

Elle en avala une gorgée avant de reprendre :

— Tout de même, ce Colin Rivers, c'était plutôt un bon journaliste, jusqu'au jour funeste où il a découvert qu'il était beaucoup plus amusant de descendre les gens en flèche que de raconter la stricte vérité, qui peut parfois être ennuyeuse, c'est vrai... mais est-ce une raison pour agir de façon aussi malhonnête et ruiner la vie des autres ?

— Changeons de sujet, veux-tu ? Sinon Colin Rivers va en plus réussir à troubler ta digestion...

Samantha alla s'installer confortablement sur le canapé, où Mike la suivit. Il lui passa une main derrière le cou en annonçant d'une voix joyeuse :

— Et maintenant, c'est l'heure du gâteau chinois qui prédit l'avenir ! Qui veut connaître sa bonne fortune ?

— Si tu peux me jurer que ce sera vraiment une *bonne* fortune, alors je suis prête à me laisser tenter...

Il lui adressa un sourire qui eut le don de faire monter une bouffée de désir en elle. Son corps, attiré par celui du jeune homme, se rapprocha insensiblement, tandis qu'il murmurait en la regardant dans les yeux comme s'il lui faisait la plus importante des déclarations :

— Crois-moi, Sam, il n'y a que de grandes et belles choses qui t'attendent... Je peux te le promettre...

Elle prit le gâteau qu'il lui tendait, et le cassa solennellement en deux sans quitter Mike des yeux. Ayant trouvé le petit papier immanquablement dissimulé à l'intérieur, elle l'ouvrit et fronça aussitôt les sourcils :

— Tiens, c'est la première fois que j'en trouve un manuscrit, d'habitude ils sont imprimés...

Elle le parcourut rapidement et décréta :

— Pas le moindre proverbe chinois, pas de prédiction concernant mon avenir radieux... En fait, ce truc-là t'est plutôt destiné à toi...

Il se mit à lui masser délicatement la nuque sans un coup d'œil pour le papier qu'elle lui tendait et rétorqua :

— Ah bon ? Ça me paraît pourtant une bonne fortune pour toi...

— Tu ne l'as même pas lu...

— Pas la peine, puisque c'est moi qui l'ai rédigé !

— Il y a juste un petit détail...

— Oui ?

— Je n'ai jamais accordé le moindre crédit aux prédictions que l'on trouve dans les gâteaux chinois...

— Même quand on te prédit la plus incroyable nuit de ta vie si tu suis l'homme qui t'offrira ce gâteau ?

Le massage commençait à faire effet, la jeune femme était moins tendue.

— Un homme aux doigts de fée... murmura-t-elle.

Sa fatigue disparaissait peu à peu comme par magie, et ce fut les yeux brillants qu'elle ajouta :

— Pour en revenir à cette prédiction, tout ce que je dirai c'est : des promesses, des promesses...

Mike lui caressa la joue en chuchotant :

— Toujours cette sensation soyeuse... De la soie chaude et douce que je veux sentir partout sur mon corps...

— Tu m'as manqué, lui avoua-t-elle enfin.

— Tant mieux. Mais dans le cas contraire, je ne me serais pas gêné pour te rappeler quelle belle proie j'ai été...

— Parce que je t'ai pris au piège ? Moi ?

— Absolument, belle Dame. Et tu as même bu mon sang et fait de moi une créature de la nuit, tâche de ne pas l'oublier.

Samantha revit leurs ébats amoureux, mais se rappela aussi que tout les séparait : pendant que son travail à elle la retenait à Los Angeles, le métier de reporter de Mike l'appelait aux quatre coins du monde... Quel avenir pouvait être décemment envisagé dans ces conditions ?

La jeune femme se redressa brusquement, et débarrassa la table pour se donner une contenance. Elle alla tout porter dans la cuisine, ne prenant pas la peine d'allumer dans la mesure où la lune apportait une lueur suffisante pour y voir.

— Stop !

Mike venait de surgir derrière elle à pas de loup, et elle avait failli laisser tomber tout ce qu'elle tenait.

Il lui laissa le temps de tout poser puis l'attira à lui : la lumière diffuse éclairait à peine son visage, mais elle y lut de la colère et du désir.

— Je sais que ce qui se passe en ce moment à la firme, c'est *ta* bataille, mais ne refuse pas mon aide, Sam. Quelquefois un regard extérieur peut aider à voir les choses différemment, ou même des éléments qui vous échappent, parce que vous êtes trop impliqué...

— Ce n'est pas aussi simple que d'accorder une augmentation ou une promotion à ceux qui le méritent ! C'est plus qu'une bataille, Mike : il y a là-derrière des gens qui ne supportent pas de me voir diriger cette firme. L'enjeu est de taille... Et cela t'a peut-être échappé, mais crois-moi, le fait que je sois une femme y est pour beaucoup : nombreux sont les hommes qui ne se sont toujours pas faits à l'idée d'avoir une femme pour patron. Une femme qui, comme chacun sait, fonctionne suivant un cycle qui leur est totalement étranger, susceptible d'influencer son comportement, et bien évidemment a forcément un tempérament hystérique... Personne ne m'a jamais vu craquer, ni surtout fondre en larmes, mais on s'attend bel et bien à ce que ça arrive : logique, de la part d'une femme...

— Il est vrai que les femmes dirigeantes sont encore une minorité. Et je suis sûr qu'en effet on t'attend au tournant, mais c'est à toi de faire tes preuves... Je pense personnellement que si un homme comme le baron est prêt à te confier les yeux fermés l'œuvre de toute une vie, c'est une preuve suffisante de tes capacités, mais tout le monde ne peut pas se contenter de ça, alors c'est sûr, il va falloir te battre. Mais je sais que tu y arriveras, Sam...

Il remarqua les traits tirés de la jeune femme, qui paraissait littéralement tomber d'épuisement, et se sentit coupable de retarder ainsi le moment où elle pourrait enfin se reposer.

— Mais ça suffit pour ce soir ! conclut-il. On reparlera de tout ça à tête reposée... Au lit maintenant !

Il la souleva dans ses bras sans lui laisser le temps de protester, et se dirigea vers le couloir :

— Où est ta chambre ?

— C'est la dernière porte, au fond là-bas.

Elle se blottit un peu plus contre sa poitrine, respirant son odeur avec délices, et susurra d'une voix déjà à moitié endormie :

— C'est vraiment très agréable...

— J'espère que tu sauras t'en souvenir lorsque tu auras retrouvé ton énergie...

Arrivé dans la pièce qu'elle lui avait indiquée, il la déposa sur le lit avec mille précautions :

— Tu penses pouvoir te débrouiller toute seule maintenant ?

Elle fit oui de la tête en bâillant à se décrocher la mâchoire.

— Dans ce cas, je vais prendre une douche rapide, dit-il en quittant la chambre.

En rentrant chez elle ce soir, Samantha ne rêvait que d'un bon bain relaxant, mais là elle n'y songeait plus. Elle éprouvait un besoin impérieux de dormir. Elle parvint tant bien que mal à se déshabiller puis à enfiler une chemise de nuit, et sombra sans un sommeil profond dès qu'elle se fut étendue entre les draps frais.

Samantha fut réveillée par une bonne odeur de café qui lui chatouillait les narines, et elle prit conscience du corps nu collé au sien dans le lit. Un corps masculin manifestement bien réveillé lui aussi, et la pensée fugitive que ce n'était peut-être pas le café qui l'avait réveillée effleura la jeune femme...

Elle poussa un petit gémissement de bonheur, ouvrit un œil et découvrit une tasse de café fumant sur sa table de nuit ; dans son dos, la pression du corps de Mike se faisait plus insistante.

— D'abord mon café, le taquina-t-elle d'une petite voix moqueuse.

— Tu le fais exprès, vilaine sorcière ! s'écria-t-il en se levant d'un bond, exhibant fièrement sa nudité sous les yeux de la jeune femme.

Il prit la tasse de café, et la lui tendit en lui recommandant :

— Tu devrais t'asseoir, si tu ne veux pas risquer d'en mettre partout...

Elle suivit le conseil, ce qui donna tout loisir au journaliste d'apprécier sa fine chemise de nuit de dentelle quasi transparente :

— Très joli, soupira-t-il en effleurant les seins de Samantha du bout des doigts.

Samantha ferma les yeux, savourant à la fois sa première gorgée de café et la douce caresse de Mike.

— Je ne savais même pas que j'avais du café ici...

— Il n'y en avait pas, je suis allé en acheter. Par chance, tu avais quand même une cafetière, sinon je n'avais plus qu'à retourner en chercher une je ne sais où dans le quartier.

La jeune femme posa les yeux sur le réveil, qui marquait 6 h 40, et annonça d'une voix peu convaincue :

— Il faudrait peut-être que je songe à me lever...

Mike se glissa contre elle et suggéra :

— Le patron pourrait peut-être arriver un peu plus tard que d'habitude ce matin, s'il a une bonne raison pour ça ?

Elle fit mine de réfléchir sérieusement à la question, puis laissa tomber ces mots cruels :

— Je ne crois pas que ce soit une bonne idée.

Après l'avoir forcée à se rallonger, il la recouvrit de

son grand corps puissant, un bras en appui de chaque côté de sa tête, et insista :

— Même si je t'aide à trouver une bonne excuse ?

Samantha promena ses mains le long de la poitrine du journaliste, heureuse de retrouver le contact de cette peau à l'odeur et au parfum familiers. Maintenant elle comprenait pourquoi elle avait passé une si bonne nuit : la présence de Mike avait chassé tous ses mauvais rêves...

— Sam, je n'ai plus envie de rire, fit-il, soudain sérieux. Je te désire comme un fou, dis-moi que c'est réciproque, mon amour...

Pour toute réponse, elle enroula ses longues jambes autour de lui et lui tendit ses lèvres. Il prit sa bouche avec un grognement de mâle satisfait, et entra facilement en elle, guidé par ses petits mouvements de hanches provocateurs.

La jeune femme gémit de plaisir, et ils se mirent en quête de l'astre le plus brillant et le plus lointain d'un ciel magnifiquement étoilé. Enfin ils atteignirent ensemble, dans un cri, la plus lumineuse et la plus inaccessible des étoiles, et retombèrent sur terre, enlacés et émerveillés par ce miracle sans cesse renouvelé.

Samantha avait les larmes aux yeux. Des larmes de bonheur.

— Il ne faudra pas recommencer de sitôt, murmura-t-elle tandis que Mike buvait les larmes qui perlaient au coin de ses paupières.

— Pourquoi ?

— Parce que je suis sûre qu'on peut en mourir... Je viens tout juste de comprendre tout le sens de l'expression « mourir de plaisir ».

— C'est aussi pour cette raison qu'on parle de « petite mort » à propos d'un violent orgasme, ma chérie. Mais je t'assure qu'on n'en meurt pas, et en ce qui me concerne je suis prêt à recommencer quand tu voudras...

— Puisque tu es si sûr de toi, pourquoi pas tout de suite ? le provoqua-t-elle en roulant sur lui. Voyons si on peut recommencer sans en mourir...

Mike éclata de rire :

— J'ai toujours eu le pressentiment que je mourrais au lit, de toute façon, dit-il en la prenant au mot.

8

SAMANTHA s'habitua très vite à la présence de Mike chez elle. Elle se surprenait même parfois à se demander comment elle avait pu vivre si longtemps sans lui...

— Comment se fait-il que tu aies autant de temps libre ? lui demanda-t-elle un soir alors qu'il était venu la chercher à la sortie du bureau avec tout ce qu'il fallait dans la voiture pour organiser un copieux pique-nique.

La jeune femme ne craignait rien tant que de le voir repartir au bout du monde en reportage, mais elle ne se berçait pas d'illusions : cette épée de Damoclès restait suspendue au-dessus de sa tête.

— Après cette série d'interviews avec le baron, ton journal n'est-il pas impatient de te retrouver ?

— Disons que je prends le temps de réfléchir à ce que je veux vraiment faire maintenant...

— Mais je croyais qu'il était vital pour toi de parcourir le vaste monde à la recherche de bons sujets ?

Mike haussa les épaules :

— C'est vrai, mais je me demande si je ne me fais pas un peu vieux pour ce genre de boulot... Et puis pour l'instant, je suis bien comme ça...

Et il l'embrassa, ce qui était encore le meilleur moyen de couper court à ses questions.

Samantha avait découvert avec le temps que Mike avait parfaitement raison lorsqu'il prétendait qu'un œil attentif et extérieur à la société pourrait l'aider. Un œil, mais aussi une oreille... Il savait parfaitement l'écouter sans jamais l'interrompre quand elle lui racontait par le menu l'enfer que certains au bureau lui faisaient vivre. Et puis il avait pris l'habitude de passer régulièrement la retrouver sur son lieu de travail, et semblait particulièrement heureux de pouvoir errer çà et là dans les locaux de la firme. Il échangeait volontiers quelques mots avec les uns et les autres, et paraissait avide d'apprendre le mode de fonctionnement de ce monde du cinéma qui lui était totalement étranger. Samantha le taquinait souvent à ce sujet, lui répétant qu'à ce rythme, il en saurait bientôt autant qu'elle, sinon plus. Il adorait lire de nouveaux scénarios, qu'il se faisait une joie de commenter de façon détaillée, et bien souvent pertinente, lorsqu'on lui demandait son avis.

Un jour, Mike tomba nez à nez avec Pamela dans l'un des couloirs de la firme. La jeune femme l'interpella :

— Alors, toujours aux côtés de ma sœur ? Elle est en train de perdre la bataille, Mike, vous devriez songer à assurer vos arrières...

Elle avait pris une voix caressante pour prononcer ces derniers mots, et ses doigts se promenaient négligemment sur la poitrine du jeune homme : le message était clair...

— Vous avez tort de vous en prendre à Samantha, Pam, alors que vous pourriez vous compléter et former une équipe du tonnerre. Tout ce que vous voulez, c'est lui prouver que vous pouvez prendre sa place et faire mieux qu'elle, mais réfléchissez un peu : ce poste vous réservera moins d'occasions de vous distraire que le secteur de la publicité, et un emploi du temps si chargé que vous risquez de très vite regretter votre liberté actuelle. Vous avez vu le nombre d'heures que Sam passe à travailler ? Gérer une entreprise comme celle-ci ne s'improvise pas... Vous en êtes sûrement tout aussi capable que votre sœur, mais en avez-vous réellement envie ? Je n'ai pas l'impression que ce travail convienne à votre tempérament... Et puis il ne faut pas négliger le revers de la médaille : quand un film a du succès, toute la firme se partage les lauriers, mais en cas d'échec, c'est le patron qui trinque, et doit essuyer toutes les critiques.

Pamela fit un pas en arrière, comme frappée de stupeur :

— Vous l'aimez ! Vous l'aimez vraiment... Elle est autoritaire, dogmatique et bornée, et néanmoins vous l'aimez...

Il n'eut pas le temps de répondre quoi que ce soit, la jeune femme s'en allait déjà en secouant la tête comme si elle venait de faire une découverte incroyable.

Mike leva les yeux au ciel, et décida de regagner le bureau de Samantha, qui se trouvait dans les parages.

Il n'eut pas plus tôt franchi le seuil qu'une tornade de baisers sonores faillit le renverser :

— Tu es l'homme le plus merveilleux du monde ! s'exclama joyeusement Samantha, un baiser ponctuant chacun des mots de cette affirmation plutôt agréable à entendre.

Ravi, il lui entoura la taille de ses deux bras :

— Je ne sais pas ce qui me vaut pareil traitement, mais je ne vais certainement pas m'en plaindre !

— J'ai entendu ce que tu viens de dire à Pam...

— Tu as eu bien de la chance : d'habitude, quand on écoute aux portes, on prend le risque d'entendre dire du mal de soi plus souvent que du bien...

— C'est vrai, j'ai eu de la chance, murmura-t-elle en lui caressant le visage, si bien que Mike ne s'attendait pas du tout à ce qui suivit : elle lui prit subitement l'oreille entre deux doigts et la pinça violemment !

— Aïe ! s'écria le jeune homme. Qu'est-ce qui te prend ?

— Ça, c'est pour avoir laissé Pam me traiter d'autoritaire, dogmatique et bornée...

Le journaliste éclata de rire et, oubliant toute rancune, la reprit dans ses bras en lui disant :

— Embrassez-moi, belle Dame autoritaire, dogmatique, bornée et violente...

— Attention ! séparez-vous, j'arrive ! claironna derrière eux la voix moqueuse de Diana.

Samantha jeta un coup d'œil en direction de son assistante par-dessus l'épaule de Mike, et l'avertit :

— Si ce sont de mauvaises nouvelles, remportez-les, j'en ai eu suffisamment pour aujourd'hui.

— J'ignore si vous considérerez ça comme une bonne ou une mauvaise nouvelle, mais voilà : votre grand-père vous demande sur la ligne 4, annonça-t-elle en déposant quelques papiers sur le bureau avant de partir.

La jeune femme alla aussitôt répondre au téléphone. Cet appel ne lui disait rien qui vaille...

— Bonjour, Baron ! Si tu appelles au sujet de Sigfried, il n'est pas tout à fait prêt...

« Sigfried ? » répéta Mike d'un air étonné en s'asseyant sur le bureau. Samantha couvrit le combiné de sa main libre et lui expliqua :

— C'est un vautour qu'on est en train d'empailler pour le baron...

Puis il y eut un long silence, Samantha écoutant attentivement son grand-père à l'autre bout du fil sans jamais l'interrompre. Enfin elle dit :

— Bien, Baron. Je demanderai à Diana de s'en occuper, et je te prépare la chambre d'amis... A bientôt, alors.

Lorsqu'elle eut raccroché, Mike la pressa de questions :

— Qu'est-ce qui se passe ? Le baron va venir ? Qu'est-ce qu'il compte faire ? Dis-le-moi, Sam.

Inquiet de voir l'expression soucieuse de son visage, il lui prit la main, qu'il trouva glacée. Elle se décida finalement à lui expliquer :

— Le baron arrive après-demain. Il veut qu'on organise une réunion avec tous les cadres de la société, et une conférence de presse...

Elle leva vers lui des yeux où se lisait une certaine angoisse et ajouta d'une voix blanche :

— Il a dit qu'il trouvait que tout ce cirque n'avait que trop duré et qu'il était temps d'y mettre fin...

— Ça veut juste dire qu'il va enfin officiellement annoncer qu'il te place à la tête de sa société, et sûrement en profiter pour clouer le bec à l'autre idiot de Colin Rivers...

Il prit doucement la jeune femme dans ses bras pour tenter de la rassurer :

— Ne t'inquiète pas, Sam, tu sais bien que tu n'as absolument rien à te reprocher... Tout va bien se passer, tu verras.

— J'aimerais tellement en être aussi sûre que toi...

Le lendemain, Mike fit tout ce qui était en son pouvoir pour distraire la jeune femme des pensées qui l'obsédaient, allant même jusqu'à accepter d'aller faire un peu de jogging avec cette championne de la course à pied. De retour à la maison il s'affala sur le lit, épuisé, et s'endormit aussitôt.

A son réveil, il appela la jeune femme, mais n'obtint aucune réponse. Il se précipita dans le salon, et s'aperçut que les portes coulissantes du patio étaient entrouvertes. Il s'y glissa, et perçut aussitôt le bruit caractéristique d'un bain bouillonnant. Samantha se trouvait en effet dans l'immense baignoire ronde, et Mike s'empressa de se dévêtir pour aller la rejoindre :

— Tu avais promis de ne plus te faire de souci...

— Plus facile à dire qu'à faire... Je suis venue ici dans l'espoir de me détendre un peu.

— Si tu veux une bonne raison de t'inquiéter, en voici une : demain, c'est décidé, je casse la gueule de ce maudit Colin Rivers.

— Alors là, je veux bien payer pour assister à ça, et je suis même persuadée qu'on vendrait des tas de billets pour pareil spectacle !

Mike se rapprocha de la jeune femme et prit son visage entre ses mains :

— Il y a quelque chose que je ne t'ai pas encore dit,

et je crois qu'il est important que tu le saches : je t'aime, Sam, je t'aime, et si tu le veux aussi, je souhaite continuer à vivre avec toi.

— Mike ! Je sais depuis que tu t'es installé ici que je ne pourrai plus vivre sans toi, et je tremble chaque jour de t'entendre m'annoncer la nouvelle de ton départ prochain pour je ne sais quelle contrée reculée... Je t'aime aussi, Mike... Je t'aime et j'ai besoin de toi...

— Tu sais que tu peux compter sur moi, et que tu peux compter sur le baron aussi : à nous trois, nous ferons de grandes choses, à commencer par faire comprendre dès demain aux imbéciles qui essaient de te faire chuter que c'est peine perdue...

Il scella sa promesse d'un baiser, puis emporta prestement la jeune femme jusqu'à leur chambre.

— Sam ! Dépêche-toi ou tu seras en retard !

Mike vérifia une dernière fois son nœud de cravate et brossa du plat de la main le costume qu'il avait eu du mal à se décider à enfiler, lui qui ne portait que des jeans et des tee-shirts, et estima avoir finalement fait le bon choix.

— Allez, Sam !

— Je suis prête...

Mike se retourna et n'en crut pas ses yeux :

— Je n'aurais jamais imaginé te voir comme ça... Ça te ressemble si peu..

Sam avait tout des signes extérieurs de la parfaite femme d'affaires : escarpins de cuir italiens, tailleur de soie d'excellente coupe, sans aucun doute l'œuvre d'un grand couturier, coiffure nette et élégante, ses cheveux fous se trouvant disciplinés en un savant chignon, ni trop strict, ni trop décontracté. Plus une légère touche de maquillage et une paire de boucles d'oreilles en or on ne peut plus classiques (adieu toiles d'araignée et autres dragons !) pour parfaire l'ensemble.

— D'où vient ce tailleur ?

— Je l'ai acheté hier. Ah ! ils veulent une femme d'affaires ? Eh bien ils vont en avoir une. Une dernière chose : je voudrais que tu prennes ma voiture et que tu partes seul en avant. J'ai demandé à ce que la limousine de la société passe me prendre.

— Sam !

— S'il te plaît, Mike, rends-moi ce service. Je tiens à arriver seule, et à faire une entrée remarquée, tu comprends ? C'est important.

— Oui et non. J'aurais voulu montrer publiquement mon soutien en arrivant à tes côtés, mais si tu préfères t'y prendre autrement, je ne discuterai pas.

Elle poussa un soupir de soulagement et l'embrassa tendrement avant de lui remettre les clefs de la voiture :

— On se retrouve là-bas...

Mike lui jeta un dernier coup d'œil avant de partir, un peu mal à l'aise : elle était superbe, mais ce n'était plus Samantha... Même son parfum était différent, elle avait choisi quelque chose de léger et d'impersonnel qui ne lui convenait pas du tout...

La sonnerie n'avait pas fini de retentir que la porte s'ouvrait déjà.

— Bonjour, mademoiselle Lyons.

L'espace d'un instant, les yeux du chauffeur trahirent sa surprise à la vue de la nouvelle Samantha.

— Bonjour, Brian.

Elle hésita une seconde, puis lança :

— Attendez-moi, je reviens tout de suite. J'ai oublié quelque chose...

Mike trouva la salle de conférences déjà noire de monde, journalistes et membres des « Productions du Baron » confondus. Il serra des mains, échangea quelques mots avec chacun, fit des signes de tête à droite et à gauche, mais un seul visage l'intéressait. Enfin il le repéra, pérorant au milieu de sa cour.

— Puis-je vous voir quelques minutes ? demanda-t-il poliment à Colin Rivers, mais sa main sur le bras du journaliste était loin d'être amicale.

Il l'entraîna dans un coin tranquille.

— Vous êtes Fletcher, n'est-ce pas ? s'enquit Rivers. Le dernier amant en date de la belle Samantha, à ce qu'on dit...

Le visage de Mike se fit encore plus dur :

— Mettons les choses au clair, Rivers. Je vous prierai d'abord de ne pas manquer de respect à Samantha, et ensuite de cesser de colporter vos sales ragots.

— Je ne dis jamais que la vérité, mon cher.

— J'ai pourtant entendu dire que votre patron lui-même se plaignait de votre acharnement contre les « Productions du Baron » et la famille Lyons... Vous êtes sur le point de vous faire virer, mon vieux.

— Impossible, je suis sous contrat et n'ai commis aucune faute professionnelle... Demandez aux avocats de votre maîtresse, qui essaient désespérément de me poursuivre en justice pour diffamation, en vain...

— Vous êtes allé trop loin, Rivers. Alors je vous

conseille de faire machine arrière, sinon je vous mets mon poing dans la gueule.

— Vous ferez moins le fier quand elle vous jettera comme un vulgaire Kleenex... Elle n'a aucun cœur, c'est un vrai bloc de glace, cette fille...

— Vous l'aurez voulu...

Et il lui envoya un uppercut qui coupa le souffle au journaliste, plié en deux. Mike le prit familièrement par les épaules et l'entraîna hors de la salle de conférence en expliquant simplement :

— Excusez-nous, ce monsieur a besoin d'un peu d'air frais...

Il déposa le journaliste à moitié inconscient dans un petit bureau, referma la porte derrière lui et revint comme si de rien n'était se mêler à la foule qui emplissait la salle de conférence.

Soudain le silence se fit. Le baron Lyons venait d'arriver. Pamela courut l'embrasser, Jeremy et Randy lui serrèrent la main. Le baron ne parut pas s'étonner de l'absence de Samantha.

« Pourvu qu'il ne lui soit rien arrivé » se dit Mike, que ce retard commençait à inquiéter.

Tout le monde prit place et la voix du baron s'éleva :

— Depuis quelques semaines, les spéculations vont bon train. J'ai essayé de me tenir à l'écart de tout ça, mais les attaques personnelles m'ont décidé à sortir de ma retraite.

Les regards convergèrent tout à coup vers la porte, dans l'encadrement de laquelle venait d'apparaître Samantha.

Mike sourit en retrouvant une silhouette beaucoup

plus familière que celle qu'il avait quittée le matin même : toute de noir vêtue, jean noir, chemisier noir, elle arborait de nouveau ses boucles d'oreilles favorites, les fameuses toiles d'araignée, que ses cheveux retenus en une lourde natte mettaient en valeur.

— Mesdames, Messieurs et cher Baron, dit-elle avec un sourire chaleureux à l'adresse de ce dernier, je suis désolée d'être en retard.

— Avoue que tu voulais juste faire une entrée plus spectaculaire que la mienne ! lança le baron.

— Ai-je réussi mon coup ?

— Je dois reconnaître que oui ! Mais tu arrives au bon moment, ajouta-t-il.

Se tournant alors vers la salle, il annonça d'une voix ferme :

— Je vous présente la nouvelle présidente des « Productions du Baron », qui continuera à assurer le bon fonctionnement de notre firme cinématographique avec l'aide de mes trois autres petits-enfants. Des questions ?

Son regard se posa sur Randy et Jeremy, qui secouèrent négativement la tête en gardant le sourire, puis sur Pamela, qui haussa les épaules et sourit elle aussi, histoire de se montrer bonne perdante.

Un journaliste intervint :

— Est-ce que cela va entraîner un changement dans le type de films que vous produirez ?

Encouragée par un regard du baron, Samantha répondit avec assurance :

— Absolument pas. Nous avons trouvé la bonne formule, qui nous a d'ailleurs valu nombre de bonnes critiques et plusieurs récompenses, et nous nous y tiendrons. Il y a un style « Productions du Baron », et nous y tenons beaucoup : c'est un label de qualité, en quelque sorte.

Après la conférence de presse, la famille se réunit dans le bureau de la nouvelle présidente, où avait été organisé un petit cocktail.

Samantha se rapprocha du baron et lui lança à voix basse :

— Tu peux te vanter de m'avoir fait peur !

— J'ai toujours adoré faire souffrir mon prochain, rétorqua-t-il avec un grand sourire.

Il prit sa petite-fille sur ses genoux, et s'adressa à Mike sur le ton de la plaisanterie :

— Alors, à quand le mariage ?

— Nous n'avons pas encore fixé la date, ça va dépendre de la nouvelle présidente, rétorqua le jeune homme le plus sérieusement du monde.

Sam le regarda dans les yeux et annonça :

— Je n'accepte que s'il s'agit d'un mariage dans la plus pure tradition romantique : la musique, les fleurs, les bougies et tout et tout...

— Ça devrait pouvoir se faire, murmura Mike en l'attirant à lui.

— Et ne t'imagine pas que tu vas pouvoir passer tes journées à paresser pendant que je jouerai les esclavagistes ici, dit-elle d'un ton faussement menaçant.

— Ça tombe bien, on vient de me faire une proposition intéressante aux « Productions du Baron », au département « Recherches et commandes de scénarios ».

— Nous verrons cela à l'entretien d'embauche...

— Sam...
— Oui ? fit-elle en lui dénouant sa cravate.
— Nous sommes seuls... Tout le monde est parti...
— Ça tombe bien, je ne voudrais pas me montrer indécente... répondit-elle en le couvrant de baisers.
— C'est maintenant, l'entretien d'embauche ?
— Pourquoi pas ?
Il la souleva dans ses bras et l'emmena sur un petit canapé qu'il avait déjà repéré dans ce bureau :
— Tu ne peux pas savoir le nombre de fois où j'ai rêvé de te faire l'amour sur ce canapé... Il ne nous manque plus qu'une magnifique tempête comme celle qui faisait rage la première nuit où nous avons fait l'amour...
— Mike, il n'y avait pas de tempête cette nuit-là...
— Je sais, c'était encore un de ces effets spéciaux...
— Non, aucune tempête n'a jamais été programmée. Seulement les cris et les traces de pas...
— Et autre chose encore : je ne te l'ai jamais dit, mais quand il m'arrivait de prendre une douche tard dans la nuit, une voix féminine délicieusement sensuelle me murmurait des choses bien agréables à l'oreille...
— Tu as dû rêver tout ça...
— J'espère bien que non... Mais je suis sûr que la clef de tous ces mystères me sera donnée après le mariage... Je veux savoir qui est vraiment la Dame de minuit... Cette créature mystérieuse me fascine, et elle a une voix si douce quand elle parle d'amour...
— Oui, alors tu seras tout à moi, murmura-t-elle dans un souffle contre son cou où la morsure finissait à peine de cicatriser...

L'IMPRESSION ET LE BROCHAGE DE CE LIVRE
ONT ÉTÉ EFFECTUÉS PAR LA
SOCIÉTÉ NOUVELLE FIRMIN-DIDOT
AU MESNIL-SUR-L'ESTRÉE
ACHEVÉ D'IMPRIMER EN JANVIER 1996

Imprimé en France
Dépôt légal : février 1996
N° d'impression : 33357